迷宮のアルカディア
~この世界がゲームなら攻略情報で無双する!~
1
著
百均 Hyakkin
イラスト
植田 亮 Ryo Ueda

エリーゼ
アルケイン

「静かに……大人しくしてて」
「ケイン……くん」

オリオール
レリアーナ

CONTENTS

プロローグ　コンティニュー　[006]
第一話　称号ブースト　[016]
第二話　看板娘エリーゼ　[028]
第三話　称号の力　[043]
第四話　漆黒の闇　[056]
第五話　偽者と同類　[069]
第六話　全裸鬼　[087]
第七話　そして少女は　[104]
第八話　英雄の条件　[121]
第九話　世界の修正力　[144]
第十話　性奴エリーゼ　[159]
第十一話　肉欲に溺れ　[175]
第十二話　狂いはじめたシナリオ　[193]
第十三話　加護の影響　[207]
第十四話　『伝説の 神々の 理想郷』　[225]
第十五話　エリーゼの父　[238]
第十六話　二枚舌《ダブルディーラー》　[249]
第十七話　呪いの武器　[271]
第十八話　慢心の代償　[289]
エピローグ　エリーゼのために　[306]

プロローグ　コンティニュー

自分が死ぬ時の想像をリアルにしたことはあるだろうか。

恐らく、大抵の人はしないはずだ。

したとしても、ベッドの上で家族に看取られて死ぬ、という程度のものだろう。

――老人となった自分も、看取る家族の数も顔もおぼろげな想像。

万人が抱く自分が死ぬ時の想像といえば、そんなものだろう。

僕も例に漏れずその想像をしていたわけだが……。

しかし、僕は冷たい石の床の上で死にかけていた。

「う………あっ……」

掠れた、自分のものとは思えない声が出た。

視界は涙に歪み、歪んだ視界の先では、無数の猿に犬の頭をつけたような生物が僕を取り囲んでいた。

いや、それだけじゃない。彼らは一様に僕の体に食らい付いていたのだ。

そう、僕の体はもはや原形を留めていない。

しかし肉体がすでに死へと片足を踏み込んでいるのか痛みはなく、ただただ生きたまま肉体を貪られる不快感と虚しさだけがあった。

どうしてこんなことに……。

心の中で自問自答する。

有名な冒険者となるために故郷を飛び出し、昔冒険者だったという叔父《おじ》の剣を片手にこの迷宮都市へとやってきた。

ところが、田舎者の初心者では誰もパーティーを組んではくれず、それでも自分ならなんとかなると根拠の無い自信を胸に迷宮へと挑戦し――――このざまだった。

視線を床へと向ける。

するとそこには、無残に引き裂かれた一張羅《いっちょうら》がある。

そこそこ値が張るものとはいえ、しょせんはただの服。革を鞣《なめ》したものでも、ましてや鎖かたびらでもない。なんの防御力もないただの服。

今なら、迷宮ですれ違った冒険者達の嘲笑の訳がわかる。

一般着で剣片手に迷宮をうろつく僕は自殺志願者にしか見えなかっただろう。

死んで当然だ、と僕は思った。

迷宮を舐めすぎた。魔物を舐めすぎた。自分の命を、舐めすぎた。

こんな愚か者にふさわしい末路は、まさにこれだ。生きながら肉体を貪り喰われるのがふさわしい。

あぁ、それでも。

もしもう一度チャンスが与えられるなら。

僕は今度こそ――――…………。

そして僕は死んだ。

…………………………………………………………………………。

…………………………………………………………………。

「…………ッッッ！！！」

声にならない絶叫を上げ、僕は跳ね起きた。

「ハッハッハッハァッハァッハッ」

ドッドッドッドッと心臓が跳ねる。呼吸も荒い。まるで一キロメートルほど全力疾走したようだ。

最悪の夢見だった。自分が死ぬ、それも化け物に生きたまま貪り喰われる夢。痛み、恐怖、絶望、懇願。そのすべてがリアルでトラウマになりそうだった。

だが夢だ。

夢で、良かった……。

「あ、れ……？」

そこで気づく。

「ここ……どこだ？」

そこは狭い小部屋だった。

だいたい僕が普段泊まっている宿屋の一室ほどの大きさだろうか。

だがその内装は安っぽい宿屋とは雲泥《うんでい》の差だった。四方は染み一つない白い壁に覆われており、床は木製の慣れ親しんだフローリングだが、ピカピカに輝いている。

壁際には質素だが上等そうなベッドと、ぎっしりと本の詰まった本棚があり、内装の豪華さと部屋の狭さがちぐはぐだった。

そして何より目の前のこれ。長方形の発光する板……これはいったい何なのだろう。

上等そうな木製のデスクの上にドッシリと載ったその板からは、無数の紐が机の下へと伸びており、机の下を覗《のぞ》いてみると、その紐は微かな駆動音を発する黒い箱に繋《つな》がっていた。

机の上には無数のボタンがついた板切れと、手のひらサイズの不可思議な物体がおいてあり、発光する板の他にはインクや羽ペン、羊皮紙といった本来デスクにおいてあるべき品々はない。

これは何なのだろうと、まじまじと発光する板を見てみる。

発光する板にはいろいろな絵が描かれており、どうやらそれは迷宮の一部のようだった。

薄暗い迷宮の小部屋の中で、一人の人物が血まみれで倒れている。その人物は僕と同じ銀髪碧眼《へきがん》であり、僕と同じように布の服を身に纏《まと》い、僕と同じように…………。

「……え?」

ドクン、と心臓が跳ねた。

そこに描かれていたのは、僕だった。

小さく、デフォルメされて描かれているが、中肉中背の背丈、男にしては長めの銀髪、虚ろに開かれた碧眼に、女のような容貌をからかわれ続けたその顔は、まさしく僕そのものだった。

「なんだ……これ」

喉が急速に渇いていくのを感じた。そして喉の水分がそちらに行ってしまったかのように背筋に汗が浮かぶ。

ゴクリと生唾を飲んでさらに詳しく絵を見てみると、見たことのない異国情緒漂う字で、『ゲームオーバー　コンティニューしますか？　Y／N』と書かれていた。

「いや、待て……」

おかしい。おかしいおかしいおかしい。

どうして僕はこの文字が読めるんだ？

もう一度文字を見る。やはり知らない文字だ。だが、まるで親しんだマルクティア語のように読むことができた。

さらに、先ほどまでは読めなかった本棚の本――漫画のタイトルもわかるようになっていた。

「ひっ……！」

恐怖に、自然と喉が引き攣《つ》った。

僕は今、急速にこの世界を理解しつつあった。

よくわからなかったものが、まるで始めからそれを知っていたかのように理解できるようになっていた。

この発光する板は、パソコンだ。正確にはパソコンはデスクの下のボックスであり、この板はディスプレイ。無数のボタンがついた板はキーボードで、隣にあるのはマウス。

ームオーバー
ィニューしますか？　Y/N

そして。

そして。そしてそしてそしてそしてそしてそしてそしてそして。

このディスプレイに映った絵は、『迷宮のアルカディア』というエロゲのプレイ画面であり――。

倒れている人物はこのゲームの主人公で――。


――僕はエロゲの主人公だった。


ずいぶん長い間、茫然《ぼうぜん》としていたらしい。

起きた時は昼くらいの明るさだったはずだが、今はもう辺りは暗く、ディスプレイの明かりが室内を照らしている。

だが、その甲斐あってだいぶ落ち着くことができた。

ため息にも似た深呼吸をし、情報を整理する。

僕の名前はアルケイン。通称ケイン。

マルクティア王国の片田舎、セハルの村出身の田舎者。冒険者として一旗あげるために迷宮都市へとやってきた少年――という設定のキャラクターだ。

そしてこの身体《からだ》の持ち主は、安藤礼《あんどうれい》。

学校でのいじめが原因で現在は引きこもり。趣味はエロゲを始めとしたオタカルチャー。当然彼女いない歴=年齢の負け組。実は中学時代一度、というか一瞬だけ彼女がいたことがあるが、それは彼のトラウマの一つとなっているので触れないであげて欲しい。引きこもりであることを除けばいたって普通の少年であり、僕の――プレイヤーでもある。

そして、今もディスプレイに映っているゲームの名前は、迷宮のアルカディア。

二週間ほど前に発売されたゲームであり、安藤礼がブックマークしているサイト、『エロゲ評価王国』で平均点八十点を叩き出している名作。

ランダムダンジョンやヒロインカスタムなどのやり込み要素が好評を博し、時間泥棒のタグがつけられている。

ランダムダンジョンは文字どおり、時間経過とともにランダムにダンジョンが生成されるシステムだ。これをクリアすることにより様々な装備やスキルを手に入れることができる。これとは別にメインストーリー用に全百階層の固定ダンジョンが街の中心に存在しており、それを踏破《とうは》すればめでたくゲームクリアだ。

ヒロインカスタムは、奴隷商から奴隷を買うことによりオーダーメイドのＮＰＣキャラクターを仲間にできるシステムだ。容姿や初期ステータスなどを自分で設定することができ、その気になれば主人公以上のキャラクターも製作することができる。また、この奴隷ヒロインは調教を施すことによって様々な性癖や性感帯の開発などができ、うまく調教できたキャラクターを逆に奴隷商に売ることで資金稼ぎすることもできる。ちなみに、固定のイベントヒロインも存在しており、彼女達はヒロイン固有スキルを有している。

まぁ、ようは『風来のシュレン』や『チョコーボのダンジョン』などの不思議なダンジョン系と

『カスタムドレイド』などのエロゲを合わせたような作品である。

目新しいものは何一つないのだが、ゲームバランスなどが優れていることもあり、なかなか高評価で、それを知った安藤礼も後れ馳せながらこのゲームを購入し……。

何を血迷ったか防具や傷薬一つ買わずにダンジョンに特攻し、速攻でゲームオーバーとなった。

……そして今に至るというわけだ。

さて、ここで重要なのがこれからどうするか。

僕の視線の先にはゲームオーバーの字と、その下にコンティニューの字が躍《おど》っている。

これは直感だが、Ｙを選べば何かが起こる気がする。

そしてそれはおそらく僕の世界への帰還だ。

だがその前に一つ。一つだけしておきたいことがあった。

キーボードのＥＳＣキーを押し、フルスクリーン画面からウインドウ画面へと切り替える。しかるのち、『迷宮のアルカディア』のウインドウを最小化すると、僕はインターネットブラウザを開いた。

ホームページに設定してある検索エンジンが表示されると、僕はすぐさま〝迷宮のアルカディア攻略〟と打ち込んだ。

最も情報量の多そうなサイトを探しながら、僕は思う。

僕という存在が、本当にアルケインという人間なのかはわからない。もしかしたら僕は安藤礼という人間が自身の矮小《わいしょう》さに嫌気が差し産み出した仮想の人格なのかもしれない。あるいは今の状況はすべて、アルケインが死の淵《ふち》に見ている夢なのかもしれない。

それでもなお、もし僕が本当にアルケインという確固たる人間で、そして今の状態が夢でないならば。

この攻略サイトという存在は、僕の人生を劇的に変えてくれる。そんな予感があった。

…………数時間後。

自分でも驚きの集中力であらかたの情報を脳味噌に叩き込んだ僕は、『迷宮のアルカディア』を再びフルスクリーンに戻し……。

――――僕は人生をコンティニューした。

第一話 称号ブースト

朝の日射しで、眼《め》が覚めた。

「ここ、は……？ ……ッ！」

一瞬ボウッとした後、ハッと覚醒する。

身を起こし、辺りを見回すと、そこは安藤礼《あんどうれい》の自室ではなく先日から宿泊している安宿屋だった。

次に、自分の身体を見下ろしてみる。

傷一つなく、そして一張羅もまた無傷だった。

（夢、だったのか……？）

いや、と頭を振る。

それを判断するのは早計だ。これから、それを確かめに行くのだ。

僕は叔父の剣を手に取ると、宿屋の一階へと降りていった。


食堂も兼ねた宿屋の一階は、早朝にもかかわらず夜の酒場にも似た賑やかさだった。

テーブルについた冒険者達が、今日の予定を話し合いながらパンを食べている。

そんな彼らの間を、肩ほどの長さのプラチナブロンドを躍らせながら行き来している少女がいた。

この宿屋の看板娘、エリーゼだ。

ぱっちりとした琥珀《こはく》色の瞳と、すっと通った鼻筋に、美しいラインの小顔といった整った容姿をしており、小柄かつ細身ながら胸のふくらみは豊満で、スタイルも抜群。さして飯が旨いわけでもないこの宿がいつも繁盛しているのは、彼女狙いの客によるところが非常に大きい。

ぼぅっ、と彼女を見つめていたところ、それに気付いたのか、エリーゼが営業スマイルを浮かべて近づいてきた。

「おはよーございます。朝食はいかがされますか？」

「あ、うん。いただくよ」

「ではこちらの席でお待ちくださーい」

そのまま厨房へと向かおうとする彼女を、僕は呼び止めた。

「あ、ちょっと待って」

「はい？」

「あの、今日って何日だったかな？」

「今日ですか？　今日は竜の月の十三日ですよ」

「そう、ありがとう」

竜の月の十三日。間違いない、僕が死んだ日だ。そして、安藤礼が最初のセーブをしたポイントでもある。

このあと僕は防具の一つも身につけずに迷宮に潜り、命を落とすことになる。……あの夢が本当ならば、だが。

ちらり、と腰に帯びた叔父の剣を見る。

これも、夢の中で得た手がかりの一つだ。

刃渡り一メートル弱の、一見何の変哲もない普通の長剣。特筆すべき点は、魔術刻印が施されていることと柄に水晶球が嵌《は》まっていることぐらいか。

だがその正体は、魔神の魂の欠片《かけら》が封じられた〝魔剣ソウルイーター〟。切れば切るほど物理攻撃力と魔法攻撃力が上がる、作中最強の武器だ。序盤の終わりからその機能が解放されるようになり、シナリオの終盤、迷宮の最下層に辿り着いた主人公は、迷宮に封じられた魔神を復活させてしまう。おまけに、この剣は威力を失い、さらに魔神の攻撃力は魔剣の攻撃力に比例するという鬼畜仕様だ。

それが本当なら、この剣を使うのは愚の骨頂なのだが……。

(この剣なら序盤は敵無しなんだよな……)

シナリオ上、この剣でなくてはダメージを与えられない敵も存在し、プレイヤーは否応無しにこの剣をある程度育てる必要がある。

また、意地でも魔剣を育てなかったプレイヤーには、〝実は魔剣は複数あったんだよ！〟という裏設定が解放され、けっきょく魔神はある程度の攻撃力を持つことになる。

使えば地獄、使わなくとも地獄。

さてどうするべきか。

(ま、夢が本当ならの話だけど)

あくび混じりに思考を打ち切ると、僕は運ばれてきた朝食を食べはじめるのだった。

味気ないパン、肉の少ないスープ、そしてレタスとトマトの二種類しか入っていないサラダを平らげると、僕は早速迷宮へと向かった。

今回僕が向かうのは、『新米の　薬師《くすし》の　修行場』という初心者向けの迷宮だ。

迷宮は三つのキーワードから構成されており、最初の〝新米の〟が難易度、〝薬師の〟がドロップアイテムの傾向、〝修行場〟がダンジョンのトラップや敵の数などの傾向となる。

今回の『新米の　薬師の　修行場』は、最も難易度が低く、またドロップアイテムも旨味がなく、そのくせ敵の数はそれなりと、人気のない迷宮だ。おそらく、向かえば僕の貸し切りになること請け合いだろう。

(だからこそ、都合が良い……)

僕は、ニヤリとほくそ笑むと、迷宮の入り口に立った。

迷宮の入り口は、空間に浮かぶ青色の渦巻きとなっており、中は異空間へとつながっている。迷宮最奥のコアを取得……通称〝踏破〟することにより、異空間は消滅し中にいるものはそのまま外へと放り出される仕組みとなっている。逆に言えば、コアさえ取得しなければ迷宮は消滅せず、いくつかの迷宮は領主によって踏破を禁止されている。

話がズレた。

ちなみに、今の僕の装備は、布の服に魔剣のみと死んだ時と変わりない装備。

学習してねぇのか！　と突っ込まれそうな格好だが、問題はない。

なぜなら、僕は戦闘するつもりなど欠片もないのだから。

僕は迷宮へと一歩足を踏み出し――――そしてすぐに出た。

そしてまたすぐに迷宮に足を踏み入れ、出る。

入る。出る。入る。出る。入る。出る。入る。出る。入る。出る。入る。出る。入る。出る。入る。出る。入る。出る。入る。出る。入る。出る。入る。出る。入る。出る。

延々と、この動作を繰り返す。

端《はた》から見れば意味のわからない行動。おそらく、他の冒険者に見つかれば確実に不審に思われることだろう。

だが、それを百回ほど繰り返した時。

僕の頭に声が堕ちてきた。

《――汝に〝初級冒険者〟の称号を与えよう》

重苦しい、声自体に畏《おそ》れが籠《こも》ったような神々しい声。

畏怖《いふ》と畏敬《いけい》が混ざったような感覚に僕は一瞬茫然とした後、すぐさまステータスカードを取り出した。

真っ先に今まで空白だった称号の欄を見ると、そこには〝初級冒険者〟という項目が追加されており、さらにステータスのほうを見てみると……。

［メインステータス］
■アルケイン＝健康　■LV＝1
■HP＝52／32（＋20）■MP＝33／13（＋20）
・筋力＝1・02（＋1・00）・反応＝1・56（＋1・00）
・耐久＝1・21（＋1・00）・魔力＝1・10（＋1・00）
・意思＝1・51（＋1・00）・感覚＝2・02（＋1・00）

劇的に増加していた。

「…………ぅ」

呻《うめ》き声が喉から漏れる。

ぶるぶると身体が震え、何か熱い物が身体の奥底から溢《あふ》れ出ようとしていた。

それは興奮。あれが夢ではなかったという歓喜。

堪《こら》えようとしても堪えきれないそれはやがて僕の中から溢れ出し……。

「うおおぉぉぉぉぉぉぉぉぉぉぉぉぉぉぉッッ！！！！」

僕は獣染みた雄叫《おたけ》びをあげた。

その日僕は日が暮れるまで迷宮への出入りを続け、さらに〝熟練冒険者〟、そして〝一流冒険者〟の称号を手に入れた。

［メインステータス］
■アルケイン＝健康　■ＬＶ＝1
■ＨＰ＝３５２／32（＋３２０）　■ＭＰ＝３３３／13（＋３２０）
・筋力＝1・02（＋16・00）　・反応＝1・56（＋16・00）
・耐久＝1・21（＋16・00）　・魔力＝1・10（＋16・00）
・意思＝1・51（＋16・00）　・感覚＝2・02（＋16・00）

「ふっ、ふふふ、フフフフフ」

　夜、宿屋の食堂でステータスカードを見ながら、僕は自分の頬がにやけるのを止めることができなかった。

　〝熟練冒険者〟は、普通の冒険者がだいたい十年冒険を続けたところで手に入れられる称号だ。この称号を持っているということはベテランであることを意味し、どこの国でも騎士に取り立ててくれる。

　〝一流冒険者〟に至っては国に一人いるかいないかで、それはつまり、日に何個も迷宮を踏破するような変人と紙一重の人間にしか手に入れられない称号ということだ。

　それをわずか一日。わずか一日で取得できた。

その結果がこれだ。

ＬＶ１にして、このステータス。

そこらへんの迷宮なら今の装備でも攻略できるのではないだろうか。

（いや……油断は禁物だ）

浮かれぎみの自分を諌《いさ》める。

確かに、僕は攻略サイトの情報で破格の力を手に入れた。だが、その情報がすべて合っているとは限らない。

なぜなら、攻略サイトの情報はあくまでもゲームの攻略情報。そして、この世界は確かに現実なのだ。

僕は、この世界がゲームの世界で、自分がただのキャラクターだとは思っていなかった。

だってそうだろう？　僕は確かにここに存在する。眼には今日を生きる人々の姿が映り、匂いを嗅げば美味《おい》しそうな晩飯の香りがする。傷つけば痛いし、夜がくれば眠くなる。

攻略サイトの情報は本当だった。だが、それはこの世界がゲームだという証拠にはならない。

もし攻略サイトの情報が正しいことがこの世界がゲームだという証拠になるのなら、今ここに生きる人々が、確かにこの身体にある生命の脈動が、ここが現実であるという証拠なのだ。

……………本当に？　本当はゲームでも現実でもなく、ただの夢なんじゃないか？

そして、夢だとするなら、〝エロゲ〟などの知識を持っているはずもないアルケインの夢ではなく、安藤礼の夢ということになる。つまり、僕は本当は安藤礼なのでは……。

「違う……。僕は……」

くそっ、ゲームの知識とセットで安藤礼の記憶もくっついてきてるから、ゲームのことを考えていると、一瞬自分が安藤礼だと錯覚してしまう。……落ち着け、僕はアルケインだ。そして、この世界はゲームじゃない。

そうだ。だから、今のところ正しいとしても、ゲーム攻略情報と現実との間には、いずれ必ず齟《そ》齬《ご》が出てくるはずだ。

その時、情報を過信していれば、僕は死ぬことになる。

そうならないように、今のうちからその齟齬を予想し、そして同時に、情報が正しい場合の恩恵を確実に得るべきだ。

…………とはいえ、だ。

ステータスカードを見る。

今くらい、今くらいはこの何の苦労もせずに手に入れたこの力に、悦に入《い》ってもいいだろう。

なにせ、十六倍だ。たった一日で十六倍の戦闘力を手に入れたのだ。

1・00が人間の平均的な成人男性の身体能力の数値なので、僕はそのへんの大人の十六倍の身体能力を得たことになる。

「ふっ、フフフフ」

それを考えると、やはりどうしても笑みが溢《こぼ》れた。

「どうしたんですか？　機嫌が良さそうですけど」

（……ッ！）

ハッとそちらを見ると、看板娘のエリーゼがシチューを片手にこちらを見ていた。

「や、ようやくＬＶが上がってさ。…………もしかしてニヤけてた？」

照れ笑いを浮かべながら僕はステータスカードをさりげなく懐にしまう。

僕のステータスカードははっきり言って異常だ。誰にも見せるわけにはいかなかった。

「うーん、ニヤけてたかと思ったら急に真面目な顔になって、そうかと思うとまたニヤけたり……。正直かなり不気味でしたよ」

「えー、ひどいなあ」

半分あきれ顔のエリーゼに笑い返しながら、ふと彼女のことを思う。

ゲームの攻略情報によると、エリーゼはかなり悲惨なキャラだ。

まず彼女は序盤に、買い出しの途中で暴漢に襲われレイプされる。その後彼女は暴漢達に一週間に渡り監禁され、昼夜を問わず犯され続けるのだが、その間に宿屋の主人に依頼された主人公が彼女を見つけ出せないと、彼女は奴隷商に売られてしまう。

そのイベントの後、一定以上の資金を持った状態で奴隷商の許《もと》へ向かうと、彼女を奴隷として購入できるのだが、一定期間奴隷商の許へ行かないと、彼女は醜く太った豪商の許へ売られ、エンディングで最安値の娼館で働いているところが描写される。

ちなみに、最初のイベントで主人公が彼女を見つけ出した場合は彼女を仲間にすることはできず、彼女を仲間にするには一度奴隷になってもらうしかないという、とことんエリーゼに厳しい仕様だった。

（さて、どうするか）

僕は整ったエリーゼの顔と豊かな胸回りをさりげなく観察しながら思考する。

今、僕には二つの選択肢がある。

一つは彼女を暴漢から襲われる前に救う選択肢。もう一つは、一度彼女には奴隷になってもらい、その後購入する選択肢だ。

一つ目の選択肢は、この世界がゲームの影響力をどの程度受けているかの良い実験になるだろう。ゲームでは、エリーゼが暴漢に襲われるのは強制イベントで、それを救う手立てはない。ゆえに、もしそれを救えれば、何故か称号やステータスに関してはゲームと同じようなことが起きるものの、この世界にシナリオの影響力はないという証明になり、それはこの世界が現実である証明にもなる。逆にエリーゼが、何があっても暴漢に襲われるなら、この世界はやはりゲームの世界ということで、ゲームクリアのその先は……想像したくない。

ではもう一つの選択肢を選ぶとどうなるかというと、この魅力的な彼女を僕の奴隷にすることができる。

今後、僕が抱える最大の問題は、仲間をどうするかということだ。今日の迷宮の出入りのように、今後僕は端から見たら奇妙な行動を繰り返すだろう。他の人とパーティーを組んだ場合、その行動の理由を絶対に聞かれ、うまく誤魔化したとしても、僕が強くなるにつれ、必ず僕の行動を模倣する輩《やから》が出てくる。そうなれば、僕のアドバンテージは消滅し、それどころか僕は数多《あまた》の勢力に狙われることになるだろう。

では今後ずっとソロで戦っていくのか。それはありえない。迷宮はそんな甘い代物ではなく、ソロで戦っていればそう遠くないうちに僕は命を落とすだろう。

ゆえに、奴隷だ。奴隷ならば他者に秘密が露見することもなく、性別が女なら——性欲の処理にも使える。

エリーゼはかなりの美少女であり、そのうえ固定キャラなのでスキルも持っている。そんな彼女を奴隷として扱える。これが、二つ目の選択肢のメリットだ。

まず、一つ目の選択肢の実験だが、これは別に今回じゃなくても実験できる。ゆえに実質得られるのは、彼女からの感謝と僕の満足感だろう。

二つ目の選択肢は、彼女を奴隷として購入できるが、良心がかなり痛む行為であり、しかもかなり高額の資金を短期間で集める必要がある。つまり、そこまでしても彼女を購入できない可能性があるということだ。

「…………………」

「……？」

じっと彼女を見つめる僕に気づいたエリーゼが怪訝《けげん》そうに首を傾《かし》げる。

そんな彼女を見て、僕は決めた。

「ねぇ、良ければ今度一緒に出かけない？」

彼女を救うことを。

第二話　看板娘エリーゼ

僕の突然の申し出に、彼女はきょとんと小首を傾げた後ケラケラと笑った。

「えー、もしかしてデートのお誘い？　真面目そうな顔して意外に軟派だね」

「そう？　でも実際ナンパするのは初めてだったりして」

「嘘ばっかりー」

エリーゼはクスクスとひとしきり笑ったかと思うと、申し訳なさそうに言う。

「うーん、でもゴメンね。私そういうのは一律お断りしてるの。それに忙しくて時間ないしね」

苦笑しながらそう言う彼女に、内心予想どおりと思いながら、僕は一旦引き下がる。

「それは残念。忙しいならしょうがない。ところで忙しいってどのくらい忙しいの？」

「どのくらい、って言われると困るけど、男の子とデートもできないくらいかなぁ。昼間からウチの手伝いでほとんど暇はないし、休日は……昼間は食堂を閉めてるけど買い出しに行ってるからね」

「買い出しかぁ。一週間分の食材を買うなら可憐なエリーゼちゃんの細腕じゃ大変なんじゃない？」

お世辞を交えながらそう言うと、エリーゼは「そうなのっ！」と勢いよく頷いた。ぷるんとたわわなおっぱいも揺れた。

「肉とか野菜とかはお父さんが仕入れに行くから、他の細々《こまごま》したのが私の担当なんだけど、それでも一週間分だと山盛り。半日市場中を駆け回って、帰るころには腕がパンパンなの」

「お父さんみたいな太い腕になっちゃったら誰が責任取ってくれるの？」と小声で愚痴を漏らす彼女に苦笑しながら、僕は努めて下心を感じさせないよう紳士的に言った。

「じゃあその買い出し、僕にも手伝わせてよ」

「え？　でも……」

「デートじゃなくて、買い出し。それでもダメかな？」

「うーん……」

腕組みしながら考え込むエリーゼ。彼女の中には、客とデートには行かないというポリシーと、荷物係という重りの乗った天秤が揺れ動いていることだろう。

「僕さ、見てのとおり田舎者じゃん？」

「そんなことは……」

と言いつつもエリーゼは苦笑気味だった。やっぱ、田舎者丸出しな感じなのか。ちょっとへこむ。

「だからここみたいな都会は軽く迷宮でさ。エリーゼの手伝いがてら市場の様子がわかれば、っていう下心もあるんだ」

「あ、なーるほど」

エリーゼが納得したように頷《うなず》いた。

「うーん、そういうことなら………荷物持ち、デートじゃなくて本当に荷物持ちならお姉さんが街中を案内してあげようかなぁ」

恩着せがましく、それでいてまんざらでもなさそうな彼女に、

（釣れた……ッ！）

と内心ガッツポーズをしながら、僕は満面の笑みを浮かべて言った。

「それじゃあ週末は空けとくから、買い出しに行く時は声掛けてよ」

「うん、それじゃあまた今度。あ、そうだ」

「うん？」

エリーゼはイタズラっぽい笑みを浮かべて僕の耳元に口を寄せると、

「このこと、お父さんには内緒ね」

と言い、すばやく去っていった。

「…………」

僕はそんな彼女の女の子らしい仕草と甘い香りに、不覚にも軽くときめいてしまうのだった。


「ふぅ……」

自室へと戻ると、僕はベッドで横になった。そして、目を閉じ思考を巡らせる。

さて、エリーゼと無事買い出しの約束を取り付けられたわけだが、こうなった以上僕には至急やらなければならないことができた。

一つ。複数人で襲いかかってくる暴漢達を、確実に撃退する戦闘力を身に着けること。ゲームで

は、主人公は自警団の面々と協力して捜査に当たっており、戦闘は自警団が行ったので敵の戦闘力は完全に未知数。それでも、自警団が戦闘を行ったということは、その時点の主人公では太刀打《たちう》ちできなかった可能性が高い。

二つ。万が一、襲撃事件が買い出し以外の日に起こり、彼女が奴隷落ちしてしまった場合のための資金稼ぎ。襲撃も防げませんでした、彼女を購入することもできませんでした、では話にならない。最低限予防線は張るべきだ。まぁ……その場合は、買い出し中にイベントが起こらなかった＝必ずしもゲームのシナリオどおりに物事が進むわけではない＝この世界は現実、という方程式が成り立つので、まったく何も得られないというわけではないのだが。

まぁ優先順位としては強くなるほうが先か。エリーゼは、買い出し以外には出掛けることはなさそうだし、暴漢が襲ってくるまで毎週買い出しに付き合えばいい。それに何よりエリーゼが奴隷落ちしても僕が死ぬことはないが、暴漢に負けたら僕は死ぬ。

（そういえば、もう一度僕が死んだ場合どうなるんだろう……）

僕は一度死ぬことで、あの安藤礼《あんどうれい》の世界に行ったわけだが、死ぬたびにあの世界に戻れるのだろうか。

もしそうだとしたら、これはすさまじいメリットだ。なにしろ、実質僕は不死ということになるのだから。

とは言え、それを試す気にはならない。賭ける物が自分の命である以上、たとえそれ以上のリターンがあるとしても試すことはできない。

それに、死に戻りの影響も気になるところだ。

あの部屋に行ったことで、僕はあの部屋の主でありプレイヤーでもあった安藤礼の知識と記憶を手に入れた。

知識と記憶、というのは人格と密接な関係がある。悲劇的な体験をした人の性格ががらりと変わるように、人間一人分の人生経験を一瞬で得てしまった僕の人格は、以前までのアルケインという人間のものではないはずだ。

すでに、その兆候は出ている。多少ずる賢いところはあったが、学も教養もないただの考えなしの田舎者だった僕が、こうして論理的に思考できていること、それ自体が安藤礼の影響を受けている証《あかし》である。

主人格は僕、間違いなくアルケインという人間がメイン……とは思うのだが、それを確認するすべはない。最悪、今の僕は自分がアルケインと思い込んでいる安藤礼、という可能性も否定できないのだ。

ただ、僕自身は今の僕は、決して嫌いではない。

異世界の知識を持っているなど、安藤礼の世界の小説の主人公のようではないか。

この状態は、僕の……そして安藤礼の「特別な存在でありたい」という思春期特有の願望を満たしてくれるものだ。

よって、こうして安藤礼の知識と経験を得て、攻略サイトの情報を得たことはむしろプラスだと思っていた。

ただ、弊害もある。安藤礼のプレイヤーとしての視点のせいだろうか、今の僕は人の生き死にやや不幸に対して極端にドライになっている感じがするのだ。たとえば、さっきエリーゼの前でこれからのことを考えていた時、僕は彼女が奴隷落ちすることをある意味仕方のないこと、ととらえていた。まるで、テレビ画面の向こうで餓死しかけている子供を見ても「うわー可哀想に」という程度にしか思えない、安藤礼の世界の人間のように。

あの時僕は、明らかに、安藤礼の知識と記憶に引っ張られていた。この世界が現実であるなら、いや、この世界は現実なのだから、エリーゼもキャラではなく現実の人間だ。しかもただの人間ではなくとびっきりの美少女。そんな彼女に訪れるであろう不幸を、知っていながら見過ごすなどということは、かつての僕ではありえなかった……気がする。

……死に戻りに関しては、もう一つ懸念していることがある。

それは、死に戻りをするたびに違うプレイヤーのところで復活することだ。

もしまた違う人間の許で復活し、その人間の知識と経験を得た場合、僕は都合三人の人生経験を得ることになる。そして、さらに死に戻りを繰り返せば、それは四人、五人とどんどん積み重ねられていくことだろう。

そうなれば、いつか必ず僕の人格は破綻《はたん》する。仮に破綻しなくても、アルケインという元の人格は、果汁三%のジュースのように薄いものとなるだろう。

それは、もはや僕という人間の死と同じだ。

(あれは、一度きりの奇跡だったと思おう……)

一度生き返ることができ、しかも貴重な情報を得ることができたのだ。これ以上を望むのは、強欲すぎる。

そして何より……僕は死が怖い。

肉体を、獣達に生きたまま貪り喰われる喪失感。自分の行いに対する強烈な後悔。生への渇望。そして自我が希薄になって空に溶けていくあの感覚。

思い出すだけで、体に震えが走る。

二度と、そう、二度とあれを味わうのだけはごめんだった。

「もう二度と死んでたまるか……」

僕は閉じた目を開け、天井を睨《にら》みつけながらそう呟《つぶや》いた。


翌日、僕は小規模迷宮、『脆《ぜい》弱《じゃく》な　獣の　乱戦場』へと来ていた。

ここに出てくる魔物は、ゲーム中で最弱の名を擅《ほしいまま》にするザコーンだ。

ザコーンは、低いＨＰに貧弱な攻撃力、脆弱な防御力しか持たない反面、なかなかの素早さを持ち、必ず五体以上の群れで現れ、かつ一体あたりの経験値は一という、不人気の魔物だ。

せいぜいが、子供に魔物との戦闘経験を積ませる練習台にする程度で、冒険者は見向きもしない。

だが、このザコーン。攻略サイトではザコーン先生と呼ばれ、かなりの人気を誇っていた。

なぜか。それは、このザコーン先生がとある強力な称号とスキルを得るのに最も適した敵だからである。

「さて、行くか」

準備運動を終えた僕は、軽く装備を点検した後、迷宮へと入っていった。

今日の僕の装備は、軽いショートソードと、やはり昨日と同じ一般着である。

昨日とは違い、今日は戦闘があるのにこんな舐めた装備なのには、もちろん理由がある。

一つ目は、ザコーン程度の攻撃力ではかすり傷程度しか負わないこと。

二つ目は、身のこなしを少しでも軽くするためだ。

今日僕は自分に二つの課題を与えていた。まず、今日一日で百体のザコーンを殺すこと。そして一撃も攻撃を受けないことだ。

攻撃を受けないのが目標なのだから、防具など不要。というわけだ。

(……ん、早速か。さすがに数が多いだけあるな)

迷宮に入ってわずか数十秒。僕は早くも六体のザコーンを発見した。

直径十センチほどの球体に鋭い牙を生やし、蝙蝠《こうもり》の翼を着けたような奇怪な生物がくるくると通路を飛んでいる。

ザコーンは視力が弱いため――というか視力があるのかすら疑問なのだが――まだこちらには気づいていないようだ。

そんなザコーンに、僕はショートソードをしっかりと構えると素早く接近し、瞬く間に一体を切り伏せた。

「ぴぎぃぃぃいいい!!」

一刀両断されたザコーンが、断末魔の悲鳴をあげ消滅していく。

その悲鳴で他のザコーンも僕に気付き、シャアアアッと鋭く牙を剝《む》いた。

さぁ、戦闘開始だ。

僕が正眼に剣を構えると同時に、五体のザコーンがバラバラの方向から襲いかかってくる。

以前の僕なら、五体分の攻撃を受ける覚悟で一体一体ザコーンを沈めるしかなかっただろう。

だが、称号により反応と感覚が上昇した今、ザコーンすべての動きを捉《とら》え悠々とかわすことができた。

まずは攻めることなく、ザコーンの攻撃をかわすことに専念する。劇的に上昇した身体能力に慣れ、同時にザコーンのスピードと攻撃パターンを把握するためだ。

正面のザコーンの噛みつきを半身《はんみ》でかわし、背後のザコーンを軽く身を屈《かが》め回避。足元を狙うザコーンは一歩足を引くことで対処し、両サイドから襲ってくるザコーンには両者に激突してもらった。

そうしてザコーンの攻撃を避けているうちに、だんだんとコツが摑《つか》めてくる。

重要なのは、敵全体の位置を頭に叩き込むこと。常に敵の動きを把握し続け、脳内の地図を書き換え続ければ、やがて脳内でザコーンのイメージが補完されるようになり、背後からの襲撃にも対処することが可能になる。

当初はダイナミックだった僕の動きは徐々に小さいものになり、逆にザコーンの動きが鈍っていった。

(もうそろそろいいだろう)

戦闘から一分、ザコーンの攻撃パターンがだいたいわかった僕は、攻撃に転ずることにした。

といっても、動きのパターンは摑めているのだから、簡単だ。向かってくるザコーンに合わせるように剣を振ってやればいい。それだけで、脆弱なザコーンは自身のスピードと剣の鋭さに一刀両断されることになる。

数が減ればより一体のザコーンに割ける意識が増え、倒すのは容易になる。

そうなれば、後は作業だ。

瞬く間にすべてのザコーンを片付けた僕は、ふぅと一息つくとその場に座り込んだ。

「…………………………」

じっと、自身の手のひらを見つめる。

そうしているうちにじわじわと実感が湧いてきた。

「フッ、フフフフフ」

(まるで別人のようじゃないか)

熟練の戦士のように冷静で、暗殺者のように軽快に、一流の剣士のように鋭く剣を振ることができた。

LVは変わっていない。装備もそのへんにいる初心者以下だ。ただ、称号を三つほど手に入れただけ。

これで、今日さらに称号を手に入れたらどうなるんだ?

ぶるり、と体が震えた。

試したい。早く。手に入れたい。新しい力を。

込み上げてくる興奮に突き動かされるように、僕はザコーンを求めて歩きだした。


背後からの噛みつきをかわしつつ、刃毀《はこぼ》れが気になってきたショートソードを一閃。九十七体目のザコーンを片付ける。

(……これでッ、九十七！)

残りのザコーンは四体。ノルマはあと三。剣を切り返し、九十八体目。

そこで一旦距離を取り、顎《あご》を伝う汗を拭いとる。

(予想より……精神的にキツいな……！)

取るに足らない雑魚とはいえ、一度も攻撃を食らわずに倒し続けるという作業は僕の精神を磨《す》り減らしていた。

後半に差しかかると、集中力を切らし、危うく攻撃を受けそうになったことも幾度かあり、それもまた精神的負担となっていた。

肉体的な力はまだまだあるのだが、精神的な力は枯渇《こかつ》寸前だ。

しかも……。

距離を取ったため、僕を見失い、マヌケに同じところをぐるぐると飛び回っているザコーンを見る。

残り三体。正確には残り二体＋一体。この＋一という数が不味《まず》い。

迷宮では、同じ魔物ばかりが集中して大量に倒された場合、キングという特殊な魔物が出現する。

キングが現れる討伐数は魔物によってまちまちだが、ザコーンはそれがちょうど百体。

キングは迷宮内のザコーンが変質して現れる上、最も敵と近い個体に顕現《けんげん》するため、必ずあの三体のうち一体がキング化する。

キングの戦闘力はその種族の約十倍。負けるとは思わないが、今の貧弱な装備と磨耗《まもう》した精神力では〝万が一〟が起こる可能性も否定できなかった。

（……あー、こうならないために慎重に数を数えながら倒してたのに！）

ちょうど百体になるよう調整しながら戦い、なおかつ最後の戦いは入り口近くにする。そしてキングが僕を視認する前に迷宮を脱出する。それが本来のプラン。

なのにどうしても入り口付近ではザコーンが見つからず、ついつい深入りしてしまい、挙げ句の果てにはうっかり曲がり角で六体の群れと遭遇してしまった。

（…………仕方ない、か）

こうなってしまった以上、腹を括《くく》るしかない。

危険な橋は極力渡らない方針だったが、ノルマ達成後に得られる称号の強化を考えれば充分勝算はある。

そう覚悟を決め、目の前の群れに向かって大きく踏み込みザコーンの一体を一刀両断した瞬間。

「ギュォォォォオオオオオォォォ！！！！！！」

大気を揺るがす咆哮《ほうこう》と共にザコーンのキング化が始まった。

「…………………は？」

（な、ん……!? だって、まだ一体ッ、なぜッ、数え間違えた!? いや、称号は得てない！ ならば、ああッ！ クソッ、そうか、そういうことかッ！）

一瞬で思考が高速回転し、僕はようやく答えに至った。

不人気の魔物、ドロップアイテムもほとんどなく、経験値も最小。こんな迷宮、僕以外見向きもしないと思っていたため、最初からその可能性は考えていなかった。

（誰か今日この迷宮に入ってザコーンを殺しやがったッ……！）

僕が顔も知らぬ〝誰か〟に理不尽な怒りを向けている間にも、ザコーンは見る見るうちにその姿を変えていく。

直径十センチほどの球体は、一噛みで人間を半分にできそうなほどの巨体に。蝙蝠の翼は、肥大化し、同時に力強く、竜の翼を思わせる物へと。そして灰褐色だった身体は、黄金の輝きを得てゆく。

やがてキング化を終えた一体のザコーンは、数多の同胞を葬《ほうむ》った僕を、怨念をぶつけるように睨み据え……。

「ギュォオオオォォン!!」

咆哮した。

それと同時にようやく我に返った僕は、弾かれたように駆けだした。

「間に合え……ッ！」

向かう先は、もちろん迷宮の入り口――ではなく、先ほどまでの僕のようにキングの咆哮に硬直している最後のザコーン。

「間に合えッ！」

今の僕が生き残るには、この手段しかない。

全身の力を振り絞るようにザコーンへと向かい、キングもまた僕の思考を読んだように、いや、あるいは王として配下を守るためなのか、僕へと向かってくる。

そう、これはもう僕がザコーンを殺せるか、それまでにキングが僕に一撃を与えられるかの戦い。

言わば、命懸けのビーチフラッグ。

だから、疾《はし》れ。もっと速く。さもなくば、〝また〟死ぬぞ!!

「間に合えぇぇエエエッッ！！！！」

咆哮し、僕がザコーンを切り捨てるのと、僕の身体を衝撃が襲うのは、ほぼ同時のことだった。

第三話　称号の力

《――汝《なんじ》に〝百戦錬磨〟の称号を与えよう》
《――汝に〝二ノ太刀要《イ》ラズ〟の称号を与えよう》
《――汝に〝心眼〟の称号を与えよう》

「…………………ぅ」

天から堕ちてくる声で、目が覚めた。

どうやら、一瞬意識を失っていたようだ。

頭を振り、痺れが残る身体で立ち上がるのと、キングが追撃を掛けてくるのは、今度もほぼ同時だった。

「グッ……」

ダメージからか、半透明に揺らぐように見えるキングの突進を、ギリギリで躱《かわ》す。

一拍遅れ、迷宮の壁に轟音が響いた。

（…………？　かなりギリギリで避けたと思ったんだけど）

額から流れ出る血を袖で拭いながら、ようやくはっきりしてきた頭でキングを見る。

僕の姿を捕捉したキングは、その大きな口を開くと僕に向かい緑がかった半透明の何かを口から放った。

（エアブラストッ！　さっきの衝撃はこれか！）

キングの巨体による突進にしては、ダメージが小さいとは思っていた。おそらく、自身が間に合わないと踏んだキングは、足りない距離をエアブラストで埋めようとしたのだろう。この知能の高さも、キングの脅威の一つだった。

エアブラストを避けながら、改めてキングへの警戒を強める。その瞬間、僕は見た。

半透明のエアブラストを追いかけるように、色の濃いエアブラストがキングの口から放たれるのを。

半透明のエアブラストは、壁に当たると何事もなかったかのように消え去り、その後のエアブラストは衝撃と共に大気を震わせた。

（これは………）

その不可思議な光景に僕が目を見張っている中、キングは再びエアブラストを放つ。

またもや、先に半透明のエアブラストが放たれ、それを追うように色の濃いエアブラストが放たれる。しかも今度は、キング自身の身体からも、半透明のキングが分離し僕に向かって回り込んでくるのも確認した。

（間違いない、この半透明のビジョンは次のキングの攻撃だッ）

エアブラストを避け、本来なら死角から不意討ちするつもりだったのだろうキングの噛みつきも、僕は余裕を持って回避する。

何もない空間を噛み砕き、僕を殺せなかったことを悔しがるかのように歯噛みするキング。その姿を見て、僕は笑みが溢れるのを我慢することができなかった。

称号〝心眼〟付属スキル――〝見切り〟。

これが、この半透明のビジョンの正体だった。

いくつかの称号には、ステータスボーナスの他にスキルも付いてくる。

攻撃を一撃も受けずに同等以上の敵を百体倒すことで得られるこの称号〝心眼〟には、回避率を劇的に上げるパッシヴスキルが付属しているということだった。

回避率が上がるというのはどういう意味かと、攻略サイトを見ていた時は疑問に思っていたが、なるほどこうして半透明のビジョンとして相手の次の攻撃が見えるのか。

(こりゃあいい)

キングの攻撃を次々と避けながら、僕はほくそ笑んだ。称号を得たことでステータスも上がり、敏捷性《びんしょうせい》が増した今、キングの攻撃など恐るるに足りない。攻撃を避けながら、頭に包帯を巻く余裕すらあった。

そんな僕の舐めプレイに、キングは怒りのボルテージが上がったのだろう。攻撃がより苛烈《かれつ》になる。

だが、反面単調にもなった攻撃を今の僕が喰らうわけもなく、僕はそろそろ反撃に転じることにした。

ショートソードを構え、半透明のキングを迎え撃つように薙《な》ぎ払う。

キングは猛スピードで自ら剣に突っ込むように大きく裂傷を作り――ピシッ――、…………ピシッ？

「げぇっ！」

嫌な予感がする音に、恐る恐るショートソードを見た僕は盛大に呻いた。

これまでの酷使が祟《たた》ったのだろう。ショートソードは、刃毀れしているだけでなく、その刀身の半ばあたりに罅《ひび》が入っていた。

この状態では、後一撃持つかどうかというところだろう。

クソッ、重いからって魔剣じゃなくショートソードを持ってきたのは失敗だった。魔剣なら耐久値なんてなかったのに！

ＨＰと防御力が低い反面、素早さの高いザコーン相手なら、軽く取り扱い易いショートソードのほうがいいと思ってこれを持ってきたのだが、完全に裏目に出てしまった。

（あと一撃……。それで倒せるか？）

キングの能力は、たいていその魔物の弱点が反転した形で現れることが多い。

ＨＰが低い敵はＨＰが高く、攻撃力の低い敵は高火力に、防御力の低い敵は、装甲が厚くなる。

スピード以外の能力値が低いザコーンでは、高ＨＰ、高火力、高装甲を得てキング化するわけだ。

先ほどキングにはかなりのダメージを与えたが、それでもキングはまだまだ健在。おそらく、少なくともあと数回は同じ攻撃を叩き込まなくてはならないだろう。

先ほどと同じ攻撃数回分を一撃で……。

（微妙なところだな……）

呼吸を整え、腰を落とし、重心を安定させる。

剣を構えしっかりとキングを睨み据えると、キングも決戦の気配が伝わったのか、こちらを凝《ぎょう》視《し》してくる。

やがて、キングは力を溜めるようにぶるぶると身体を震わせはじめた。キングの身体を赤いオーラが包み込む。一撃に限り攻撃力を倍増させるスキル、チャージだ。

力を溜め込んだキングは、今まで手こずらされた怒りをぶつけるよう僕に突進し……。

「ギュォオオォォッ!!」

途中で不意討ち気味にエアブラストを放った。

タックルと見せかけたエアブラストでの奇襲。キングと付いてる癖に、微妙に狡猾《こうかつ》な攻撃手段だ。

だが。

（見え見えなんだよッ）

エアブラストを余裕で避け、いつかと同じように回り込んで攻撃してくるキングを迎え撃つ。

ショートソードの柄が砕けんばかりに力を込め、キングの身体にショートソードが接触する瞬間。

「一刀――……」

称号〝二ノ太刀要ラズ〟の付属スキルを使用した。

「――両断ッ!!」

剣に魔力が流れ込み、その瞬間だけシステムで保護された魔剣となって、キングへと炸裂する。

ショートソードは先ほどつけた裂傷と寸分違《たが》わぬところに打ち込まれ、鋼のように硬いその肉体を紙のように易々と切り裂いていく。

キングの肉体は上顎と下顎を別《わか》つように見事に両断され、その瞬間、ショートソードは自らの死を悟ったかのようにその役割を終えた。

「…………………ふぅ」

残心を解き、刀身の半ばから折れたショートソードを鞘《さや》へと納める。

改めてキングの死体に目を向けると、キングはその身体を粒子へと変え消え去るところだった。

キングの死体があったところには、銀の延べ棒とキングを象《かたど》った首飾りが残された。ドロップアイテムだ。それらを回収し、観察する。

銀の延べ棒は、だいたい金貨一枚くらいの価値はあるだろうか。正確な鑑定は素人《しろうと》である僕には厳しいが、まぁ最低でもそのくらいはあるだろう。

ちなみに、金貨一枚で銀貨五十枚。銀貨一枚で銅貨百枚となっている。

金貨一枚ほどで一般家庭が一月ギリギリ暮らすことができ、金貨二枚も使えばそこそこ贅沢な暮らしができる。

僕が泊まっている宿屋は三食飯付きで月に一括払いの金貨一枚。一人暮らしであることを踏まえると、いささか出費が激しい状態だ。

もう一つのドロップアイテムは、攻略サイトの情報が正しければ、キングザコーンのレアドロップのはずだ。

名前はストレートに〝雑魚王の首飾り〟。ＨＰに若干の補正が得られるのと、使用することによりエアブラストのスキルが発動する。魔法の攻撃手段が乏しい序盤にはかなり重宝する装備だ。売却値段は金貨一枚となかなかの代物であり、一発でドロップするのはかなり運が良いと言える。

二つのドロップアイテムをバッグに入れながら、僕は思う。

（この迷宮に入ってきた邪魔者はいったい誰なのだろう）

この迷宮はあまり旨味がない。こんなところに来るのは、子供の練習か、僕のような例外だ。

子供の練習ならいい。だがもし冒険者なら、なぜこんなところにわざわざ来たのか事情を探る必要があるな。

そう思いながら、僕は迷宮の入り口に向かったのだった。

結論から言うと、邪魔者とは会えなかった。

やはり子供の練習で一体だけ倒して出ていったのか、それとも迷宮内ですれ違ったのか。すれ違った可能性を考慮してしばらく迷宮の入り口で張り込んでみたものの、誰も出てこなかったのだ。

……普通に考えれば、前者であり心配する必要はない。それでも、どうしても不安を拭い切れないのは、僕の事情故だろうか。

ありえないとは思いつつも、心のどこかで思ってしまうのだ。僕という例外がある以上、第二第三の例外がないとどうして言い切れるのか、と。

（まぁ……今考えても意味のないことか）

ため息と共に一度思考を切り替える。
とりあえず、今日の成果を纏めて見よう。
僕はステータスカードを取り出すと、メインステータスの項目を開いた。

［メインステータス］
■アルケイン＝健康　■LV＝3
■HP＝592／72（＋520）　■MP＝453／33（＋420）
・筋力＝1・42（＋31・00）　・反応＝1・96（＋36・00）
・耐久＝1・61（＋21・00）　・魔力＝1・20（＋16・00）
・意思＝1・61（＋21・00）　・感覚＝2・42（＋31・00）
■ボーナスステータス＝2・00

ステータスが、爆発的に増加していた。LVも2ほど上がっている。
各称号によるステータスの増加は次のとおりだ。
【百戦錬磨】：HP＋200、MP＋100、筋力＋5・00、反応＋5・00、耐久＋5・00、意思＋5・00。
【二ノ太刀要ラズ】：筋力＋10・00、反応＋5・00、感覚＋5・00。アクティブスキル《一刀両断》。
【心眼】：反応＋10・00、感覚＋10・00。パッシヴスキル《見切り》。

【二ノ太刀要ラズ】と【心眼】にはそれぞれスキルがついている。

スキル《一刀両断》は、一発ＭＰ50と燃費が悪いが、防御力無視、攻撃力二倍と終盤まで使える優秀なスキルであり、《見切り》は常時発動の上、その有用性は先の戦いでも証明されている。

「…………はぁぁ～」

無事、三つの称号を取得していることを確認した僕は、深々と安堵《あんど》のため息をついた。

ほぼ一〇〇％取得しているとは思っていたが、やはり自分の目で確認しない限り、安心することはできなかった。

それにしても、今日は本当に肝が冷えた。

キングとの死闘ではない。称号が取得できないかもしれなかった可能性が恐ろしかった。

この三つの称号は、序盤であればあるほど取りやすい称号で有名なのだ。

それぞれの取得条件を羅列すると、

【百戦錬磨】：一日に同じ迷宮で同等以上の敵を相手に百戦百勝する。

【二ノ太刀要ラズ】：連続百体の同等以上の敵を一撃で殺す。

【心眼】：連続百体の同等以上の敵を一撃も喰らわずに殺す。

だ。

つまり、この三つの称号は取得条件が似通っている。

そして、この称号の取得条件で最も厄介なところは、〝同等以上の敵〟という条件がついていることだ。

同等以上の、とは魔物のレベルを指す。

一般には、というかこの世界の住人の誰も知らないことだが、魔物にもレベルというものが設定されている。

同等以上とは、このレベルで同レベル以上の敵を倒せ、ということだ。

これが、すこぶる厄介だ。

なにしろ、途中でレベルアップしてしまい、1レベルでも相手のレベルを超えてしまった場合、カウントはすべてリセットされてしまうのだ。だからといって、レベルアップを考慮に入れて敵を選んでも、今度はそういう敵は自分より強いということで、達成は困難になる。

敵にもよるが、少なくとも【二ノ太刀要ラズ】か【心眼】のどちらかは諦めなくてはならないだろう。

そして、この称号の最大の特徴は、レベルが高くなるほど達成が困難になることだ。

物語が後半になるにつれ、敵は強大かつ特殊能力を有するようになる。

一撃で殺しきれないＨＰがデフォルトになり、必中攻撃を有する敵も少なくない。

中盤以降までにこの称号を取れなかった場合、潔く諦めたほうがいいだろう。

そんな見返りは大きいが達成は困難なこの称号を比較的簡単かつ一度に取得できるタイミングがある。

それがこのレベル1の序盤なのだ。

レベル1の初期攻撃力でも一撃で死ぬザコーンは【百戦錬磨】と【二ノ太刀要ラズ】を取得する

のに最適の敵であり、迷宮の出入りだけで取得できる〝○○冒険者〟系の称号を持っていれば、【心眼】の称号を手に入れることも十分可能だ。

ただし、これも賭けだ。

まず、LV1から2にあがるまでの経験値が100。ザコーン一体の経験値が1なので、一体のミスも許されない。

次に回避も、ゲームでは避けられるか避けられないかは気合いではなく確率計算。運が悪ければ、命中率○・一パーでも当たる時は当たる。そうなればまた最初からだ。

そして何よりこれが最も重要なのだが、ゲームではミスればロードしなおせばいいが、現実にセーブ&ロードはない。――反面、回避は集中力&気合いでなんとかなるようになるのだが。

そんなわけで、まだ称号を得ていないのにキングが現れた時は、心臓が止まるかと思った。

ここで、これらの称号に付いてくるスキル、特に《一刀両断》と《見切り》が手に入らないと、かなり苦しくなる。

僕が立てている計画は組み直しとなり、エリーゼの件も諦めざるをえなくなるだろう。

だが、危うくはあったがクリアはした。

目標〝強くなる〟、の第一段階は達成というわけだ。

さて次はどうするか。

やることはいくらでもある。どれから手をつけてもいいし、何をしても何かしら得るものはあるだろう。

だが今最も優先すべきことは何か、と考えると…………。

ふと、視界の端に銀塊が映った。

売れば金貨一枚程度になる、計画ではなかったはずの臨時収入。

ふと、脳裏を魅力的な思いつきが過《よぎ》った。

（…………………うん。悪くないな）

十分な強さはある。金を稼ぐ必要もあるし、暴漢戦よりも先に対人戦を経験しておくべきだ。

僕は前々から考えていた計画の一つを前倒しで行うことにした。

……後から振り返ってみれば、この時の僕は浮かれていたというしかない。

本来ありえない、知りうることのできない知識を得て、トントン拍子に成長し、まさに人生の絶頂。金を稼ぐ必要があるとか、対人戦を経験しておくべきとか、いろいろ理由をつけてはいたが、結局のところ自分の力を試してみたかっただけだった。

お手軽に身につけた力で、地道に何年も努力を積み重ね、命懸けで成長してきた先輩冒険者達を、地に這いつくばらせ、悦に入りたかっただけなのだ。

痛々しい、そう、安藤礼《あんどうれい》風に言うならば厨二病というヤツ。

僕はこの時それにかかっていた。

それは今でも完治していないし、まぁそもそも冒険者という人種はどこかしら厨二病なのだが。

もし、何でも一つ願いが叶うとするならば、僕は金銀財宝ではなく、今この瞬間に戻ることを選択するだろう。そして、この時の僕を張り倒し全力で説教する。

金などは生きていれば稼げるが、過去というのは決して消えないのだから。
僕はこの日、闘技場に出場することを決めた。決めて、しまった。

第四話　漆黒の闇

闘技場――迷宮、カジノに並ぶ、迷宮都市の特色の一つである。

冒険者達が自らの命を懸けて戦い、結果に応じて金銭を得る賭博場の一種だ。

階級は、アンダー一〇からアンダー四〇までの制限級と、無差別級の二つ。アンダー一〇はＬＶ1～10までの選手が、アンダー四〇はＬＶ1～40までの選手しか出られないという意味だ。といっても、通常、ＬＶ1の選手がアンダー四〇に出ることはないが。

戦いのルールはいたって簡単。五人の選手が一つの舞台で戦い、最後まで立っていたら勝ちというもの。選手達にはそれまでの実績、ＬＶを考慮された倍率がつけられ、ＬＶの低い選手には高倍率、高い選手には低倍率がつけられる。

ちなみに、選手は自分にのみ賭けることができ、それがファイトマネーということになる。それ＋自分に賭けられた金額の一％も勝敗に拘《かかわ》らずファイトマネーとして得られるが、そっちは新人ではたかが知れているというものだ。

つまり、何が言いたいかというと、ＬＶが低いにもかかわらずありえないほどのステータスを持っている僕は、闘技場で一山当てるには最適の存在である、ということだ。

「…………うん、こんなものだろう」

宿屋の一室。前々から用意してあった変装セットで変装した僕は、鏡の前で満足気に頷いた。

鏡の中の僕は、白銀の髪を黒く染め、上下に黒の服。顔にはアイマスクを着け、さらにその上に仮面を着けている。仮面は、白い無地に笑ったような半月の眼と口がついただけのシンプルなもの。俗に言うファントムマスターというヤツだ。

人間という生き物は、特徴的な人間であればあるほど特徴のほうを覚えていやすい生き物。全身黒尽くめの仮面の男など、特徴的過ぎて僕と連想できる者はいないだろう。

しかも、それに加え偽名にも気を遣った。実際の僕とは違うインパクトがあり、なおかつ格好いい名前を考えてある。

今日のプランはこうだ。

まず、挑戦する階級はアンダー二〇。ステータスだけを見るならば、アンダー三〇でも通用するだろうが、念には念を入れてアンダー二〇とする。アンダー二〇でも、出場選手の最低ラインはＬＶ11からになるので、かなりの高配当となるだろう。

次に、格好はなるべく特徴的なものにする。こうすることで、黒尽くめの男という印象のみを観客に刻み付けて、僕という存在を消すことができる。

実際の戦闘では、できる限り息を潜《ひそ》め、選手達が最後の一人になるまで待つ。おそらく、選手達も僕が要らぬちょっかいさえ出さなければ最後まで放置するだろう。ＬＶ３の雑魚など、いつでも始末できるし、高配当の雑魚を最後まで残すことで、会場を盛り上げることができるからだ。

そして最後、そうして最後まで残った最も強い選手を、僕が一撃で倒す。

相手は死闘で体力を消耗しているだろうし、僕のことは雑魚と、完全に油断しているだろう。そこで、最初に強力な一撃を与え、一瞬で終わらせる。

食後のデザート程度にしか思われていなかったであろう僕が引き起こす、番狂わせ。会場は困惑と驚愕《きょうがく》に騒然とするだろう。

そこで、徹夜で考えた偽名を名乗るのだ。

「……ふっ、フフフフフ」

今宵《こよい》、〝漆黒の闇〟の名は伝説になる。


「ここが、闘技場か……」

僕は、目の前の巨大な建造物をポカンと口を開けて仰ぎ見ていた。

重厚な石造りの建物は、ローマのコロッセオを連想させる円形闘技場で、外に漏れ出てくる歓声と怒号は空気越しに僕の皮膚をびりびりと刺激するほど。

闘技場外にも、観戦中のつまみを売る無数の露天商達と、それに並ぶ観客達がひしめいており、とにもかくにも熱気がすさまじい。

人々の浅ましい欲望が数万単位で密集し凝縮されているせいだろうか、周囲には一種異様な空気が漂っており、一般人が喧嘩の末に殺し合いに発展しても許容されてしまいそうな雰囲気すらあった。

人込みを掻き分けて内部に入ってみると、闘技場は昼間だというのにすでに多数の客で賑わっていた。

予想屋が今日のメインバトルの予想を売っていたり、無数の露天商がつまみを売っていたりしている中、他とは明らかに雰囲気の異なる集団がいた。

鎧《よろい》兜《かぶと》を身に纏い、剣や槍などを帯びた人々が集団で列を成している。どうやら、あそこが選手のエントリー受付のようだ。

フード付きの外套《がいとう》をかぶり直した僕は、その集団の最後尾に並び、自分の順番が来るのを待った。

そして待つこと一時間。つまみを買ってから並ぶべきだったと僕が内心後悔していると、ようやく僕の番が来た。

僕は、三毛猫模様の猫耳が可愛らしい受付嬢の前に立つと、いつもより若干低めの声で言った。

「……すまない、出場の受付をしたいのだが」

受付嬢は手元の書類からチラリと僕の顔に目を向け、一度手元に目線を戻してからギョッとしたように二度見をした。

道中このような仮面を着けた冒険者を見なかったので、おそらく驚いたのだろう。

だが、彼女もプロ。一瞬で表情を取り繕《つくろ》うと営業スマイルを浮かべた。

「ようこそ、闘技場へ。以前参加されたことはございますか？　……ニャン」

とってつけたような語尾でキャラ付けをする受付嬢に、僕は首を振って答えた。

「いや、初めてだ」

受付嬢は、それに一つ頷くと、一枚の用紙を取り出した。

「それではこちらの書類に必要事項をご記入ください。……ニャン。その間こちらでＬＶの測定をさせていただきます。……ニャン」

「ＬＶの測定？」

「不正がないようにですニャン。ＬＶ以外はわかりませんのでご安心ください。……ニャン」

「そうか。わかった。ありがとう。……ニャン」

「真似しないでください！　……ニャン。私だって好きでつけているわけではないんです。……ニャン。オーナーの趣味なんです。……ニャン」

受付嬢の抗議を聞き流しながら、書類の必要事項を埋めていく。

といっても、エントリーネームとＬＶ、希望の階級に、自分に賭ける金額。後は装備くらいだ。

ちなみに今回の僕の装備は、ただのアイマスク、ただの仮面、ただの黒い布の服に、ただのショートソードだ。ショートソード以外は、ステータスカードにすら反映されないただのファッションである。

配当には装備も関係してくるので、なるべく高くするための秘策だ。余裕を持ってアンダー二〇にしたのはこのためというわけだ。

書類を書き終え受付嬢に渡すと、彼女はその可愛らしい顔をひきつらせた。

「え、エントリーネーム〝漆黒の闇〟？　ＬＶ３なのにアンダー二〇希望で金貨二枚賭けって……うわぁ。しかも装備はショートソードだけ？」

ニャンすら忘れ、自分の見間違いかと何度も書類を確認した受付嬢は、やがて僕を見ると言った。

「あの、イタズラなら止《や》めてくれません？　……ニャン。私達も暇ではないので……ニャン」

「本気だ」

「……正気ですか？　ニャン。気絶した選手へのあからさまな殺意を持った追撃はこちら側も止めさせていただきますが、それ以外の死は自己責任とさせていただいているのですが……ニャン」

僕が黙って頷くと、受付嬢は深々とため息をつき、

「たまにいるのニャン、こういう勘違いルーキーが」

と言いながら書類に判子《はんこ》を押すと、おざなりな態度で選手控え室を指差した。

「では賭け金をお支払いの上向こうの選手控え室でお待ちくださいニャン」

「ありがとニャン」

「早くぶっ殺されて世間の辛さを思い知ってくださいニャン」

最後にそう言ってからかうと、受付嬢は僕を猫に弄《もてあそ》ばれるネズミを見る目でそう言うのだった。

『さぁ、そろそろ本日三試合目のお時間です。賭け札のご購入はすみましたか？　あとからアレを買っておけばと思っても、遅いですよー？』

拡声魔道器特有の、微妙にひび割れた声が会場に木霊《こだま》する。会場のボルテージがにわかに上がりはじめ、先の試合で負けた者は今度こそ、勝った者は今度もまた、と賭け札を手に会場を見つめる。

観客の注目が会場に集まったのを見計らって、司会が選手の入場を宣言した。

『さぁ、それでは選手達の紹介です。エントリーNo.1、ゾーゲン選手。ＬＶ20。アンダー二〇において過去九回の出場、七回の勝利を収めた本日一番人気！　予想倍率は１・70となります』

司会の煽《あお》りとともに、巨大な斧と盾を装備した身長二メートル近い大男が前へ進み観客へと手を振る。

するると、会場のあちこちから、「ゾーゲン負けんじゃねぇぞー」「こっちは金貨賭けてんだ、頼むぞ！」「ゾーゲン！　ゾーゲン！」といった声援なのかヤジなのかわからない声が飛ぶ。どうやらかなりの人気選手のようだ。こういった人気選手は、低い倍率の代わりに、莫大なファイトマネーが入るため、冒険者というより剣闘士と呼ぶほうが相応《ふさわ》しいだろう。

『さてお次の選手は紅一点！　アンダー二〇で一、二を争う人気選手。リリア選手だ！　ＬＶは最高の20。無詠唱から放たれる強力な魔法は、当たれば負けは必至。最初に潰されるか最後まで残るかのまさに賭けに相応しい選手！　予想倍率は２・40倍となります』

赤髪をツインテールにした、十代後半ほどの美少女が控えめに手を振ると、爆発的なリリアコールが会場に鳴り響いた。剣闘士というよりはアイドルか何かのようだ。一番人気のはずのゾーゲンが心無しか、肩身が狭そうにしている。

『エントリー№３は、アンダー一〇で一年戦ってきたビリー選手。なんとアンダー一〇では十戦十勝ッ。物足りなくなったので二〇へ上がってきたという強者《つわもの》だッ！　ＬＶは12だが、数値以上の貫禄があるぞッ、予想倍率は７・20！　大穴あるか⁉』

金髪を逆立てた、鼻ピアスの男が勝ち気に手を上げる。すると、アンダー一〇からの常連なのだろう、柄の悪い連中からのヤジが飛んだ。

『続いてエントリー№４。前回は後少しで勝利を逃したヤード選手。ＬＶ16。二度目の挑戦でリベンジなるかッ。予想倍率は5・20です』

ヤードという選手は、他の選手のように観客にアピールすることなくじっと目を瞑《つむ》っている。ガチガチのフルアーマーに身を包み、巨大な大剣を背負っている。実績やLVの割に倍率が高いのは、この場違いなまでの本気装備ゆえだろう。

そしてついに、僕の紹介の番が来た。

『そして最後ッ、エントリー№5。…………プッ』

軽快にトークを続けていた司会の声が途切れる。会場が困惑にざわめく。

『し、失礼。エントリー№5。しっ……ぶふっ、漆黒の闇選手ですッ！』

司会の吹き出し混じりの紹介に、会場は一瞬静まり返った後爆笑に包まれた。

「漆黒のwww闇wwww」「これは香ばしいwwwww」「公開黒歴史キター！　w」「デュフフッ、これは拙者なら自殺ものwww」「だwww駄目だwまだ笑うなwwwこらえるんだwwwしwwwしかしwww」「全身黒ずくめwww漆黒の闇www」（※wはイメージです）

選手達もまた、肩を震わせ笑っている。特に爆笑しているのが、ビリーであり、地面を転げ回ってまさに抱腹絶倒というありさま。寡黙《かもく》な印象のヤード選手すらカタカタカタカタカタカタカタカタカタカタカタカタと鎧を鳴らしている。

「…………………………………」

この間、僕はじっと俯《うつむ》いて一言も喋らずに耐えていた。

実は、途中からこの展開は読めていた。第一試合、第二試合ともに、名前は普通に本名で、装備は一般的な冒険者のもの。試合の形式も司会が軽快なトークを飛ばす、ショーに近いものであり、僕が予想していた殺伐とした殺し合いとはかけ離れたものだった。

その空気で〝漆黒の闇〟などと名乗れば、そりゃあこうなる。

ってていうか漆黒の闇って何？　バカじゃないの、僕。漆黒の闇って、漆黒の闇って……漆黒と闇で微妙に意味も被ってるし、そもそも名前じゃないよね、これ。なんでこれをカッコいいと思っちゃったの？　僕。あああああ、もうすべてが恥ずかしいッ！　漆黒の闇って名前も、この気合い入れた装備も、仮面もッ、あぁもう、なんていうか、あぁ……、死にたい……。

『漆黒の闇！　選手は今回が初出場ッ！　LVは3で、装備はショートソードのみのようです。あの仮面に特殊能力はないようですね』

僕のLVと装備が発表されると、さらに会場は沸き立った。ほとんどの観客が腹を抱え苦しんでいる。もっとも、極一部いたたまれない顔をしていたようだが。

『漆黒の闇選手の倍率はなんと闘技場始まって以来の高配当60・00！　当たれば億万長者！　漆黒の闇伝説なるか？　それでは試合開始ですッ！』

司会が試合開始のゴングを鳴らすも、選手達は一歩も動きはしなかった。みな、例外なく腹を抱えているためだ。

やがて、ビリーがまだ笑いながら立ち上がると僕に向かって歩きだす。

「ヒーッヒーッ、く、苦しい。お、お前サイコー。こんなに笑ったの初めてだぜ」

他の選手は、その様子をニヤニヤしながら見ている。

「つうか……ぶふっ、なんだ？　その仮面。おいちょっとどんな面《つら》してるか見せてみろよ」

ビリーが僕の前に立つと、おもむろに僕の仮面へと手を伸ばす。その顔は嗜虐《しぎゃく》的にニヤついており、この痛々しい勘違い野郎の面を観客達に知らしめてやろうと物語っていた。

そうしてビリーの指先が仮面へと触れたその時――彼の体が突然弾け飛んだ。

ビリーは、キラキラと砕け散った歯と血をまき散らしながら、綺麗な曲線を描いて五メートルほど飛ぶと、ぐしゃり……と人間が立ててはいけない音を立てて頭から落下。そのまま、数秒ほどビクビクと体を痙攣《けいれん》させ、やがてピクリとも動かなくなった。

『…………は？』

司会の男の、呆気《あっけ》に取られた声が会場に響き渡る。そしてそれは、会場の人間すべての驚きを代弁していた。

会場中が先ほどまでとはうって変わった沈黙に包まれる中、ゆらり、と僕は動きだした。

この時点で、僕の頭の中には事前に組み立てておいたプランなど存在していなかった。

僕の頭の中にあるのはただ一つ。

一秒でも早く全員ぶっ倒してこの場を去りたい。それだけだ。

選手達の中で最も早く立ち直ったのは、僕に最も近いヤードだった。

大剣を正眼に構え、僕を警戒する。

そんなヤードに、僕は剣を構えることすらせず、間合い？　何それ、と言わんばかりに無造作に距離を詰めていった。

しっかりとした武道を修めているヤードには、それが逆に脅威に思えたのだろう。

プレッシャーに負けたように、気合いの声と共に僕に切りかかってきた。

だが、反応37であり、見切りのスキルを持つ僕にはその斬撃は素振りと何ら変わりなかった。

あっさりと半身でかわし、ショートソードを切り上げる。

通常ならば、そこらの武器屋で売っている量産品のショートソードでは、ヤードの纏うフルアーマーの防御力を貫くことはできない。誰もがそう思っていたし、ヤードもそう確信していたはずだ。

だが。

「馬鹿、な……」

ショートソードは紙を裂くようにヤードのフルアーマーを切り裂いた。

スキル、一刀両断。ＭＰ50を消費し防御力無視、攻撃力二倍で攻撃を叩き込む技。それの前には、何の保護魔術も掛かっていない鉄の鎧など、紙くず同然。

しかしそれは絡繰《からく》りを知っている僕だから理解できる理屈であり、このスキルの存在すら知らないであろう他者にとっては、まさに理不尽そのもの。

ヤードは、そんな現実を受け入れられなかったのだろう、血を噴き出しながらもう一度「馬鹿な……」と呟くと、ドサリと前のめりに倒れた。

そんなヤードを僕は片手で支えてやり……。

クルリと反転すると、リリアの無詠唱のエアブラストを、彼を盾に防いだ。

「嘘でしょ!?」

驚愕の声を上げる彼女に、僕はヤードの剣を投げようとして——攻撃を仕掛けてきたゾーゲンの斧を、その剣で受け止めた。

「チィッ」

不意打ちに失敗したゾーゲンが、荒々しく舌打ちする。

片手でヤードの身長ほどもある大剣を軽々と扱い、そのうえゾーゲンの斧を軽々と受け止める僕に、ゾーゲンは苦々しげに顔を歪める。

「てめぇ……、本当にＬＶ３か？」

「…………………」

僕はその質問に答えず、無言のまま大剣で斧を押し込んでいく。

ゾーゲンは両手で抵抗するも押し返すどころか拮抗《きっこう》することすらできない。

「ぐっ……ぐぐぐ」

僕のような小柄な男——といっても平均より身長はあるが——が、片手でゾーゲンのような大男を押し込んでいく光景は一種異様であり、会場は我が目を疑うように静まり返っている。

しかも、押し負けている方はＬＶ20であり、押し込んでいくほうはＬＶ３なのだ。

あべこべな光景。誰もが現実を受け入れられない中、最も早く現実を受け止めたのは、最も現実を受け入れ難《がた》いはずのゾーゲンだった。

「や、やるな……筋力には自信があったんだが……お、俺の負けか。こ、これが漆黒の闇の力……………ぐあぁっ！」

最後の最後にイタチの最後っ屁のように僕を煽ってくれやがったゾーゲンの腹へと、僕は渾身《こんしん》の蹴りをぶちこんだ。

僕の足首まで埋まるような蹴りを食らったゾーゲンが地面と水平にぶっ飛んでいき……。

「キャアアッ」

先ほどからなにやら長々と呪文を唱えていたリリアを巻き込んで壁に激突。仲良くノックアウトされた。

そして、フィールドで動く者は僕一人となる。

そこで、ようやく我に返った司会が、僕の勝利を宣言した。

『…………し、勝者、漆黒の闇選手！』

一拍遅れ、会場で音が爆発した。

驚愕、歓声、怒号。様々な感情の入り雑《ま》じった声が僕に掛けられる中、僕は仮面の下で涙目になりながら思った。

(仮面があって良かった……。仮面がなかったら即死だった……)

なんて虚しい勝利なのだろう……。この日、僕は多額の金と引き換えに心に消えない傷を負ったのだった。

第五話　偽者と同類

（死にたい……）

漆黒の……もとい黒歴史事件の翌日。

僕は宿屋の自室でベッドの上で丸まりながら自己嫌悪に苛《さいな》まれていた。

昨日は、間違いなく人生最悪の日だった。あの獣——コボルトに生きながら喰われる経験も最悪だったが、その後かけがえのない知識を得られたのであの日はプラマイゼロ……むしろプラスとも言えるのに対し、昨日のアレは得たものに対して失ったものが大きすぎた。

なにせ、金は使えば消えてしまうが、恥と後悔は一生ついて回るのだ。金貨百二十枚という大金は、一般庶民ならば十年は優に暮らせる額だが、ゲームではあっという間に使いきる額だ。一生物の恥と比べれば、端金《はしたがね》。僕が得たものなど、失ったものに比べればゴミも同然だった。

しかも、この端金を得るまでがまた大変だった。

ＬＶ３、装備はショートソードという触れ込みにもかかわらず、ＬＶ20を含む高レベル選手達を圧倒。これが、当初予定していた最後まで息を潜め、最後に不意をついて勝つというものならば、まだ観客は納得できたかもしれない。しかし、実際はビリーの顔面を一撃で陥没させ、フルアーマーをショートソードで断ち切り、力自慢のゾーゲンを筋力で圧倒という、ありえない勝ち方をしてしまった。

案の定、大損をした観客達からは、イカサマだッ、というクレームと、あの選手は何者だという質問が殺到。

一秒でも早く立ち去りたかったのに、観客の前で公開審査が行われてしまった。ＬＶの再測定に、装備の実検。何のイカサマもないことが証明されると、会場は漆黒の闇コールに包まれた。

それは、奇《く》しくも僕がノリノリで痛ネームを考えていた時に脳裏に思い描いていた光景と同じであり、そして自分のネーミングセンスの痛さに気づいてしまった後では、拷問に等しい時間だった。

今でも眼を閉じれば脳裏に鮮明に思い浮かべることができる。

会場にただ一人立つ僕。満員の観客達。総立ちで彼らは叫ぶ。漆黒の闇！　漆黒の闇！　漆黒の闇！　漆黒の闇！　漆黒の闇！　漆黒の闇！　漆黒の闇漆黒の闇漆黒の闇漆黒の闇しし漆黒の闇漆黒の闇しししし漆黒のしっこしっこく、漆黒のののののの。

（アッ――!!）

レイプされた！　僕のピュアなハートがレイプされた！

何百人という人間にズタズタに犯された僕の心は、もう殺してくれと泣き叫んでおり、それでも彼らは僕を解放してはくれなかった。

司会や闘技場の運営側に根掘り葉掘りの質問責めに遭い、それを黙秘で封殺したうえでなんとか賞金をもらうと、僕はようやく闘技場を後にした。そして、命懸けの鬼ごっこが始まった。

そう、案の定尾行されたのだ。

それは観客だったり、闘技場の運営側だったり、僕を身内に引き入れようとする権力者だったり、強さの秘密を知ろうとする冒険者だったりと様々だったが、相手が誰だろうと関係ない。僕の本名がバレた時、それが僕の人生の終わりだ。

漆黒の闇、アルケインの名は遠く故郷まで響き渡り、家族は人々に後ろ指を指されることになるだろう。突然家を飛び出して迷惑をかけてしまった僕はもちろん、思春期の妹の精神にも多大な負担をかけるに違いない。それだけは絶対に避けなければならなかった。

ステータスのうち、敏捷性に関連するのは筋力と反応だ。筋力で肉体そのもののステータスを、反応で肉体に相応しい神経反応を上げることができる。筋力30オーバー、反応35オーバーの僕の素早さは、もはや神速。それに加え、索敵能力にも関連する感覚までも30超えなのだから、僕に鬼ごっことかくれんぼで勝てる人間など存在しないだろう。

一時追っ手を撒《ま》くことができた僕は、変装を素早く解き、なに食わぬ顔で宿へと帰還。漆黒の闇はここに消滅した。

もう、漆黒の闇が表に現れることは二度と、二度とないだろう。

漆黒の闇の名は、闘技場の中でのみ、謎の新人としてひっそりと生き続けることになる。

それすらも、人の噂も七十五日ということだし、いずれは消えていくことだろう。

嗚呼《ああ》……それにしても、どうしてこんなことをしてしまったんだろう。

(そうだ……安藤礼《あんどうれい》の……奴の影響だ)

一足飛びに強大な力を得て調子に乗ってしまった、というのは確かにある。だが、それでもかつての僕、ただの田舎出身の少年アルケインだった頃ならば、こんなことはしなかっただろう。

にもかかわらず、こんなことをしてしまったのは、間違いなく僕に混じった異物……安藤礼の因子のせいだ。

安藤礼の漫画やゲームの好みは、厨二病的なものが多い。

その影響を、少なからず僕も受けてしまったから、こんなことをしてしまったのだ。きっとそうに違いない。

断じて、僕が元からこんな重度の厨二病だったわけではないのだ！

ああ、なんて恐ろしい……。

僕は今まで、安藤礼の影響を受けることを、注意すべきと思ってはいても、恐ろしいなどとは思っていなかった。

しかし、今後もこのようなことが起きる……いや無意識に起こしてしまうかもしれないと思うと、ぞっとする。

これが……他人と混じり合うということか……。

僕は、この件で改めてコンティニューの負の影響を思いしらされたのだった。


「あ、おはよー。今日は遅かったねぇ」

空腹に負け、食堂に降りると、エリーゼが明るく声をかけてきた。

「うん、今日は休みにしようと思ってさ」

僕は気怠《けだる》げに答えた。さすがに今日ばかりは何もする気が起きない。

「なんだか毎日出掛けてたもんねぇ。冒険者は休みを取るのも重要だってお客さんが言ってたよ」

エリーゼはそう言って笑うと、僕の分の食事を厨房へと取りにいく。

手持ちぶさたにテーブルでボウッとしていると、ふと隣のテーブルの会話が耳に入ってきた。

「お前、今日どうすんの？」

「ぁん？　そりゃ当然闘技場に行くに決まってんだろ」

「またかよ。昨日も行ってただろ。お前、賭け事は週に一回ってかみさんと約束してなかったか？」

「はっ、今日は特別だよ。なんてったって漆黒の闇が来るかもしれねぇんだからなッ」

（……う）

闘技場云々《うんぬん》という会話から嫌な予感がしていたが、やはりこのワードが出てきたか。まったく話題にのぼらない、ということは期待していなかったが、それでも他人の口からこのワードが出ると精神的にくるものがあった。

だが、次の男の言葉には僕も愕然《がくぜん》とせざるをえなかった。

「漆黒の闇？　あぁなんだか昨日からよく聞くな、それ」

「んだよ、知らねぇのか？　〝今街で一番ホットな話題〟だぜ？　〝街中の人間が知ってる〟よ」

（ギャアアアアアアアアアッ！）

僕は心の中で絶叫した。

なんで!?　なんで街中!?　嘘でしょ、そんな、こんな、こんなことがあっていいはずが……ッ。

「マジかよ。その漆黒の闇って、いったい何やらかしたわけ？」

「やらかしたっつうか伝説だな。伝説を作ったんだよ」

「伝説？」

「おぉ、ＬＶ３にもかかわらずアンダー二〇にこつぜんと現れ、ゾーゲン、リリアといった人気剣闘士を瞬殺した謎の剣士……。その顔は仮面に覆い尽くされ、その素性を知る者は誰一人としていない……」

「ＬＶ３でアンダー二〇を無双ってありえないだろ……なんて名前だ？」

「だから漆黒の闇だよ」

「？　だからそれは二つ名だろ？　闘技場の奴らが付けた」

「いや、エントリーネームが漆黒の闇」

「…………え？　自分で漆黒の闇って名乗っちゃったの？」

「ああ、すげぇだろ？」

「ああ、それは、すごい。ＬＶ３でアンダー二〇で勝ったことよりも、そっちのほうがすげぇ」

(もうヤメテぇぇぇ……)

そんな僕の心の声は届かない。

「つか、公衆の面前でそんな風に名乗っておいてまた闘技場に現れんのか？　俺なら無理だけど」

「お前みたいなチキンハートと一緒にすんなよ。来るに決まってんだろうが。でなきゃなんで漆黒の闇って名乗るんだよ」

（⁉）

「？　どういう意味だ？」

「だから、漆黒の闇って名乗ったのは話題作りのためだってことだよ。〝わざわざ痛い名前、痛いコスチューム〟で現れたのは十中八九ファイトマネー狙いだろ。今街中の話題は漆黒の闇一色。このタイミングで勝てば、普通に一％のファイトマネーで大金がもらえる」

「なるほど、注目度が高くなればなるほどファイトマネーは高くなるからな」

「だろ？　〝まさか素で漆黒の闇って名乗った〟わけでもなし。だから絶対漆黒の闇は闘技場に現れるよ」

でなきゃモノホンのイタイ奴じゃん。だったらウケルわ。そんなことを言いながら二人組は丁度飯を食い終わったのか食堂を出ていった。

（…………………嘘だろ？）

男達の会話を反芻《はんすう》した僕は思わず泣きそうになった。

彼らの会話が本当ならば、僕はもう一度、いや、これからずっと闘技場に出場し続けなければならない。でなければ、僕は〝素で漆黒の闇と名乗り痛コスチュームで闘技場に現れた真性厨二病〟ということになる。

（でももう二度とあの格好はしたくない……！）

なんというジレンマだろう。真性厨二病というレッテル付けを避けたければあの厨二コスチュームで出場し続けなければならず、厨二コスチュームを着るのが嫌ならば真性厨二病というレッテル付けを甘んじて受け入れなければならないのだ！

あぁ、どうしてこんなことに……。

「どうしたの？　泣きそうな顔してるけど」

僕が頭を抱えていると、いつの間にか両手にお盆を載せたエリーゼが怪訝そうな顔をして傍《そば》に立っていた。

「あぁ、いや、何でもない。ありがと」

エリーゼから料理を受け取りながら、ふと僕はエリーゼに問いかけた。

「エリーゼは知ってる？」

「何を？」

「ほら、あの、漆黒の云々ってヤツ」

「あぁ、あの……。もちろん。街中の人間が知ってるよー」

「そ、そうなんだ……」

一縷《いちる》の望みをかけて問いかけるもあっさりと肯定された僕は、もはやうなだれるしかなかった。

マジで街中なのかよ。

「うちのお父さんがさぁ、賭け事好きでね。昨日も大負けして帰ってきたくせに、今度こそ漆黒の闇に賭けて大勝ちするぞー、って息巻いてるの。バカだよねー」

「ははは……」

ケラケラと可愛らしく笑うエリーゼに、僕は乾いた笑いを返すことしかできなかった。

「……ところでさ」

僕が引き攣った笑みを浮かべていると、エリーゼが顔を寄せてきて小さな声で囁《ささや》いた。

「明日。休日だけど、……覚えてる？」

「え？　…………………もちろん！　覚えてるに決まってるじゃん」

実はちょっとだけ忘れていた。昨日のことがあまりにインパクトがありすぎたからだ。

そんな僕の心を読んだのか、エリーゼがじとっとした眼で可愛らしく睨んでくる。

「……微妙に忘れてたでしょ」

「いやいや覚えてたよ、当たり前じゃん。ここんところ、頭ん中それで一杯だったよ」

（……なにせ、重要なイベントだからね）

心中で、そっと呟く。ゲーム上では絶対に避けられなかった……いわば運命的なイベントであるエリーゼのレイプイベント。これが回避できるか否かで、僕の今後が決まるのだから。

「ホントかなぁ。言っとくけど、私が男の子と一緒に出かけてあげるのって本当に珍しいんだからね？　そこのところわかってる？」

テーブルに手を突き僕の顔を覗き込むエリーゼ。自然と豊満な乳房が強調され、胸元から深い谷間が覗いた。

それに思わず目を奪われそうになりつつも、なんとか僕は平静を装って頷いた。

「も、もちろん……」

「ならば良し！　明日は朝早いからちゃんと早起きしてね」

僕が胸元を見ていたことに気づいているのかいないのか、エリーゼは満足気な笑みを浮かべるとそう言い立ち去って……いかなかった。

クルリ、と振り返る、エリーゼ。

「あ、そうそう、さっきの漆黒の闇とかいう人のことだけど」

不意討ち気味のそれにドキリと心臓が高鳴る。

「な、何？」

「今日もその人が闘技場に参加してるみたいだから、気になるなら見にいってみたら？」

「……へぇ、ありがとう」

僕がそう礼を言うと、エリーゼはどういたしまして、と笑い、今度こそ立ち去っていった。

「……………………」

今日は一日ゆっくりしようと思っていたが……。

(予定変更だな……)

ぜひとも見にいってみなくては。

その偽者の面を。


闘技場は、昨日にも増して多数の客であふれていた。

(漆黒の闇の試合は……今日のメインイベントか。まだだいぶ時間があるな。せっかくだし観戦しながら待つか)

入り口付近に張られた今日の試合のスケジュールを見た僕は、昨日の反省点を踏まえ、適当なつまみを買って観客席に座った。

まったく金を賭けずに観戦していては不審がられるので、適当な選手に金貨を一枚ずつ賭けていく。

無駄遣いにも思えるが、ゲームでのエリーゼの値段は金貨六十枚だったはずなので、十分に余裕があった。

大穴を狙わず、だが一番人気にずっと賭けていてもつまらないので二番人気、三番人気に賭けてみる。

こうして観客として闘技場の試合を見てみると、内から見るのと外から見るのではずいぶん印象が異なることに気づいた。

選手達は、新人を除きだいたい勝つことと同じくらいに注目を集めることを意識しており、男は一見して強そうな装備を、女は露出度こそ高くないがどこか色気やかわいらしさを感じさせる装備を身に着けている傾向があった。

それを見た冒険者と思われる観客が、誰々の着ている装備はどこどこの工房の物だとか、あの子の着ている装備はどこの工房の物だとか会話しているのを聞いて、この闘技場という場所自体が一種のファッションショーのようになっているのに気付いた。

おそらく、人気の選手には工房などがスポンサーとなり、装備やら食事やら様々な援助をしているのだろう。

いわば、安藤礼の世界で言うプロスポーツ選手のようなものだ。

そんなところに、痛々しい市販の服と剣で飛び込んだ僕は、さぞ浮いていたことだろう。

あぁ、……事前にこれを見ておけば、あんなことにはならなかったのに……。

僕は、下見という行為の重要さを思い知った。

さて、そんな風に試合を眺めながら勝ったり負けたりしていると、ようやく偽の漆黒の闇の試合が来た。

その頃には、適当に賭けていたにもかかわらず何故か金貨十五枚ほどの浮きとなっていた。おそらく、下心がなかったのが良かったのだろう。賭け事というのは往々にしてそういうところがあるものだ。

ファンやアンチの応援や罵声を受けながら、選手達が続々と入場していく。そして偽の漆黒の闇が入場した瞬間、観客席中から怒号が飛んだ。

その声量はすさまじく、会場全体がビリビリと震えるほど。

耳鳴りがしそうなほどの騒音に、僕は耳を塞《ふさ》ぎながら偽の漆黒の闇を観察した。

……なるほど巧《うま》く模倣している。僕の装備はそこら辺の店で買ったものだが、大量生産の概念が発達していないこの世界で、まったく同一の物を用意するのは困難だ。だが、偽の漆黒の闇の装備は、傍目《はため》には昨日の僕とまったく同じに見えた。

さすがに、漆黒の闇を騙《かた》るだけのことはある。

だが、僕の注目は偽者ではなく他の選手に……とりわけ一人の女性へと移りつつあった。

太陽のような金髪が眩《まぶ》しい、キュバシュの女性だ。健康的な褐色の肌と肉感的な肢体、ルビーよりも紅《あか》く輝く瞳に、頭部から突き出た羊のような角が実に魅力的である。美形揃いと言われるキュバシュの中でもかなりの美人。エントリーNo.2のレリアーナだ。

キュバシュというのは、このゲーム独自の種族で、わかりやすく説明するとエルフとサキュバスを足して二で割ったような種族だ。

キュバシュ種は、みなエルフのように美形揃いであり、しかし細身の多いエルフと異なり肉感的な肢体を持つ者が多く、その膣の具合は極上だという。また、基本的に男が生まれず、必ず外部から夫を迎えることで知られている。

この種の最大の特徴は、初めて子宮に精液を注いだ男に対し食欲にも似た性欲を覚え、その夫の体液……主に精液を体内に取り込むことによって不老を保つという点だ。彼女達はその性質から男性が死ぬまで精液を搾《しぼ》ることがあり、男性からは欲情と畏怖の相反する感情を抱かれている。反面、奴隷として好まれ、初物のキュバシュの奴隷は非常に高値でやり取りされる。

とまぁ、非常にエロゲ的な種族だ。

そして彼女──レリアーナは、僕の見る目が間違っていないなら、ゲームのヒロインの一人だ。

彼女の生まれ育った里では、一月に一歳若返るという奇病が流行《はや》っており、その特効薬の材料となる〝時流れの月光晶〟を探し求めて、幾人かの仲間達と迷宮都市へとやってきた、という設定のはずだ。

ゲームでは主人公はふとしたことからこの〝時流れの月光晶〟を手に入れ、レリアーナに譲ってくれるよう交渉をもちかけられる。レリアーナは、主人公に見返りに、〝決して中出しをしないこと〟を条件に自らの肉体を差し出す。田舎者であり世間知らずの主人公は、キュバシュの生態を知らず条件を呑むが、キュバシュのあまりの名器ぶりに中出しをしてしまう。中出しをされ、主人公の精液に中毒にも似た欲求を持つようになってしまったレリアーナは、責任をとってもらうと宣言し主人公の仲間になる。

……という設定だったはずだ。

ちなみに彼女自身も病《やまい》を患《わずら》っており、時間経過とともにどんどん若返っていく。よって、主人公が〝時流れの月光晶〟を渡すタイミングによって彼女の肉体年齢が異なり、ロリモード、美少女モード、美女モードの三つのパターンが楽しめる人気キャラだ。

そんな彼女が、闘技場に参加していた。

(ふむ……)

少し考えた僕は、偽者に賭けるつもりだった浮いたお金、金貨十五枚をレリアーナに賭けることにした。

予想屋の予想倍率は、ＬＶ20で三戦三勝のエントリー№1が3・60倍。ＬＶ18で初出場のレリアーナが7・20倍。ＬＶ19で一戦零勝の№3が8・20倍で、ＬＶ20、初出場の№4が5・80倍。そして№5、噂の漆黒の闇がＬＶ3にもかかわらず2・00倍の一番人気となっている。

もちろん予想屋の倍率なので確実にこうなるというわけではないが、レリアーナが注目されていないのは確かだろう。

僕はレリアーナの賭け札を購入すると、試合が始まるのを待った。

『さぁいよいよ本日のメインバトルが始まります！　なんといっても今日の注目選手は№5！　昨夜ＬＶ３にもかかわらず彗星のようにこの闘技場に現れ、奇跡のような勝利を収めた漆黒の闇選手！　彼は今日も奇跡を見せてくれるのか⁉　それでは試合スタートです！』

まだ№1から4までの紹介がすんでいないにもかかわらず試合のスタートを宣言する司会。そんな司会を慌てたようにアシスタントの女性がたしなめた
『ちょ、ちょっと、まだ選手達の紹介がすんでないニャン』

聞き覚えのある声にそちらを向くと、そこにいたのは昨日の受付嬢だった。

『おっとこれは私としたことが！　興奮しすぎて段取りを忘れてしまったようです！』

『まったく、しっかりしてニャン』

司会と受付嬢のコミカルなやり取りに会場から笑い声が漏れる。

だが、半ばないがしろにされる形となった選手達は明らかに面白くない表情をしていた。

『それでは選手の紹介ですッ』

司会が、一人一人紹介を進めていくのを、僕はほとんど聞き流していた。

その間僕が見ていたのは、偽者の彼だ。

偽者の様子は、選手達が機嫌を損《そこ》ねてからというもの、あからさまに挙動不審であり、まるで彼らに怯《おび》えているかのようだった。

（これは……〝普通〟の偽者、かな？　いささか警戒しすぎだったか）

だが、まだ決めつけるのは早い。せめて、偽者が負ける姿を見るまでは観戦を続けよう。

そう考える僕をよそに、司会の紹介が終わる。

ちなみに、レリアーナの倍率は最終的に予想よりも低い5・50倍、偽者の倍率は予想どおり2・00となった。

そして、試合のベルが鳴らされ、全観客が固唾《かたず》を飲んで見守る中。

開始早々、一人の選手が宙を舞った。

その光景は、まるで昨日の試合の焼き直し。

彼はビリーと同様曲線を描きながら数メートル飛翔し――グシャリと落下する。

そして、仰向けに横たわる彼の顔からカランと仮面が落ちた。

観客達は、何が起こったかわからぬように倒れた選手――漆黒の闇と、彼を倒した選手レリアーナを見比べる。

やがて彼らが現実を理解すると、会場は阿鼻叫喚《あびきょうかん》の巷《ちまた》となった。

観客達は口々に漆黒の闇を罵《ののし》り、嘆き、ゴミと化した賭け札を投げ捨てる。

それは一瞬紙吹雪《ふぶき》のようで、少しだけキレイだった。

中にはよほどの大金を賭けていたのだろう、泡を吹いて気絶している者もいる。

リアルにそんな倒れ方をしている人を初めて見たので、僕は少し笑ってしまった。て、あれ？

もしかしてあれ、宿屋の親父じゃね？

（ま、やっぱり普通の偽者だったか）

懸念が杞憂《きゆう》とわかり、僕は心が軽くなったのを感じた。

エリーゼから、僕ではない漆黒の闇が出場すると聞いた時、僕の頭を過ったのは偽者が同類である可能性だ。

僕と同様、あちらの世界の知識を持つ者が存在し、ソイツが昨日の闘技場で僕という同類を発見し、僕に自分という存在をアピールするために漆黒の闇を名乗ったのでは？

もしそうならば、偽者はただのＬＶ３ではありえない戦闘力を発揮するはず。

まずありえない可能性。だが、こうして見にこないという選択肢はなかった。

結局のところ、すべては杞憂だったのだが。

（もしかして……気にしすぎなのかな？）

僕は、ゲーム知識という唯一のアドバンテージを他人に侵されないために、神経質になりすぎているのだろうか？

いや、固有スキルという生まれつきの才能を持たない僕にとって、ゲーム知識を持つことは唯一他者より明確に優れた点だ。これが流出した時、僕は再びそこら辺のモブと変わらない存在に落ちる。

僕は、そんな悪夢を抱えながら、怯えて生きているのだ。

バカげた想像だと思う。だが、笑い飛ばすことができない予感が、僕にはあった。

なんとなく感じるのだ。もう一人、僕がいるような、そんな奇妙な感覚を……。

ふと、司会と受付嬢を見ると、司会は、いかにも期待ハズレだ、といった風に偽者をけなしていたが、受付嬢はそんな司会をどこか呆《あき》れた目で見ている。

（……なるほど、この筋書きは闘技場側が書いたものか）

受付嬢は演技ができないなと苦笑する。

しかし、と思う。

今回は普通の偽者だったが、もし本物の同類が現れたら？

もし同類が存在するなら、漆黒の闇事件によって、ソイツはすでに他の同類が存在することを悟っているだろう。

そして、もし僕がソイツだったらどうするか？

（なんとしても見つけ出してこの手で殺す）

世界に、主人公は一人で良い。僕はそう思うし、相手もそう思うはず。

そして、両者の力の源泉が知識である以上、僕と同類との間に優劣は存在しない。

ゆえに、僕とソイツが出会うその瞬間までに、どちらがより強くなっているか。そういう勝負になるだろう。

僕は今まで自分が超効率プレイをしていると思っていた。だが、同じ知識持ちから見てそれは本当に効率的なのだろうか。本当はさらに効率的な攻略方法があるのではないだろうか。

次々と残りの選手達をその怪力で薙ぎ倒していくレリアーナを見ながら、僕はそんなことを思うのだった。

第六話　全裸鬼

女性の買い物は長い。

村にいたころ、彼女持ちの男どもから散々聞いた言葉だ。

週末になると何時間も馬車に乗り、最寄りの街まで彼女に付き添い、買い物に付き合っていた彼らは、翌日になるとげっそりしながら必ず他の男達に愚痴っていた。

そのたびに、彼女持ちではない男達は、彼らをのろけやがってと罵るのが恒例だったのだが、僕は今ようやく彼らの苦しみの一端を思い知っていた。

エリーゼとの買い出しは、最初は順調だった。

毎週の買い出しで馴染《なじ》みの店は常連となっているのだろう、そういった店はエリーゼの顔を見るなり「おぉ、エリーゼちゃん、いつものヤツかい？」といってあらかじめ用意していたのだろう紙袋を渡す、というパターンが構築されていた。

エリーゼはそれを代金と引き換えに受け取り、それを僕が持つ。荷物は、しょせんはエリーゼが持って回れる程度のものであり、多少かさばるが重さとしてはたいしたことはなかった。

この時僕は内心、なんだ、こんなものかと完全に油断しきっており、エリーゼの「さすが男の子、力があるね！」という言葉にいい気にすらなっていた。

……地獄は、買い出しが終わった後に始まった。

エリーゼは、買い出しで値切り、余りを出したお金からショッピングを楽しむのが週末の楽しみだったのだ。

無論、彼女の父親もそれを暗黙のうちに了解しており、むしろそれは毎日家業を手伝う彼女へのお小遣い代わりと、彼女に値切りの練習をさせるためだったのだろう。

それは、お使いに出掛けた小さな子供がお釣りでお菓子を買うようなものであり、僕も最初は微《ほほ》笑《え》ましく思っていた。

エリーゼが値切りで確保した金は、ちょうど銀貨一枚分ほど。つまり、服一着分ほどだ。

この世界ではあちらの世界と違い、服は基本的に手作り。ゆえにどんな安物の服でも、それなりに値がはる。だが、古着を仕立て直したものなら、銀貨一枚でも手に入らなくはない。

エリーゼが買おうとしているのは、もちろんそういった古着であり、彼女は行き付けなのだろう古着屋へと入っていった。

しょせんは、銀貨一枚なのだ、すぐに終わるだろう。そう思っていた僕は、すぐに女性の買い物へのこだわりを思い知ることになる。

まず、彼女は数百着ある古着を真剣な表情で一着一着手に取り細かいところまで観察しだした。そして、その中から状態の良いものを確保し、それをすべての服を見終わるまで続けた。さらに今度は確保した服の中から自分の希望に適《かな》ったものを選び出し、二〜三枚の候補まで絞り込む。そのち、彼女はその服を一着一着試着し僕に問いかけるのだ。「どれが一番私に似合ってる?」と。

彼女が服選びをしている間にすっかり待ちくたびれてしまった僕は、どれも似合ってるなどと適当な返事をしたのだが、それが彼女の逆鱗に触れた。すっかりヘソを曲げた彼女のご機嫌取りをし、今度はしっかりと試着の批評をする。

やがてすべての批評が終わった彼女は、ようやく服を買うのかと思いきや、その服を目立たないところに隠すとその店を出た。

驚いた僕が、服は買わないのかと問いかけると、彼女は驚きの発言をした。「他の店を見回ってから一番気に入った服を買いたいの」と。

そう、銀貨一枚ゆえにすぐ買い物が終わると思っていた僕は大馬鹿者だった。銀貨一枚ゆえに、彼女は厳選に厳選を重ね、真に気に入った一着を選び出すのだ。

それから彼女は二軒の古着屋を梯子《はしご》し、同じことを繰り返した。

そのころには僕はザコーン百体切りよりも精神的に疲労しており、一刻も早く買い物を終わらせたくなった僕は彼女にこう言った。「僕がお金を出してあげるから全部買えば？」と。

言うまでもなくこれは最悪の手だった。最初は申し訳なさそうに渋っていた彼女だったが、最終候補まで残った服をすべて買ってやると、おずおずと一軒目二軒目の服も気になると言いだした。

これで買い物が終わると思った僕は、快くそれらの服も購入。

そして、地獄が始まった。

僕がお金を出したことでお金が浮いた彼女はそのお金でアクセサリーを買いに向かったのだ。

この時点で嫌な予感がしていた僕だったが、大人しくついていった。そして、案の定同じことが繰り返された。

先ほどと違うのは、服も購入したことで荷物が肥大化し、より僕の精神を圧迫しだしたことだ。

結局、ここでも精神的に限界が来ていた僕がお金を出すことで買い物時間を短縮することになる。

だが、これでようやく終わると思った僕だったが、その期待はまたもや裏切られた。

思う存分買い物をして上機嫌になった彼女は、満面の笑みでこう言ったのだ。「今日のお礼に私がカッコいい服を選んであげる！」と。

さすがにこれ以上財布にされるようなら彼女を見捨てる方向に心が傾いていた僕だったが、こうした善意の発言は断り切れなかった。

それに、田舎者の自覚があり、漆黒の闇の件から自身のファッションセンスに疑問を持っていた僕は、彼女にコーディネートを頼むことにした。

これが、本日最大の間違いだった。

彼女が購入していた服屋よりも数ランク上の服屋に連れていかれた僕は、彼女が見つけてくる服を延々と試着し続ける着せ替え人形と化した。

彼女が持ってくるのは都会っぽいおしゃれなものから、僕から見てもおかしいだろ！　と言いたくなるものまで様々であり、その精神的疲労はただ待つことよりも数段上のものだった。

結局、数セットの服を彼女が選び終えるころには、日はすっかり暮れており、僕はようやくこの長い一日が終わることに心から感謝した。

そして何事も無く二人で宿に無事帰還した時、僕は本来の目的を思い出し、愕然とした。

暴漢事件が起きなかったからだ。

正確に言うと、暴漢事件が起きないことは予想していた。エリーゼが襲われる際のキーワードは〝序盤〟〝買い出し中〟〝暴漢〟の三つだ。

ゆえに、今回襲われずとも、毎週付き合えば二回目三回目でイベントが起こるはずだった。

つまり、今日起きなければ、今日の苦労が二回、三回と繰り返されるということでもある。

それに気づいた瞬間、僕の中で悪魔が囁きはじめた。

もう、見捨ててもいいんじゃないか？　いつまでもこんなままごとに付き合う必要はないだろう？　今日お前が彼女に使った金はいくらだ？　こんな奴、奴隷に落としちまったほうがいい。そのほうがよっぽど使いやすい、そうだろう？

「…………………………」

ぼうっ、と彼女を見つめる。

彼女は、僕の中で悪魔が囁いているとは露知《つゆし》らず、上機嫌に鼻歌を歌っている。

美しい少女だ、と思う。肩ほどまでの銀髪は艶やかで、よく手入れされたそれは、彼女の女性らしさを感じさせる。少しつり目がちの瞳は、ぱっちりとした二重瞼《ふたえまぶた》で、今はまだ勝ち気な印象を与えるが、もう数年もすれば妖艶さも漂わせるだろう。

体型は、小柄で細身にもかかわらず、その胸元は意外なまでに豊かであり、今も歩くたびに蠱惑《こわく》的に揺れている。

ちょうど頭一つ分高い僕の視界からは、露出控えめな彼女の服装からでもしっかりと彼女の深い谷間が見え、思わずその胸元に顔を埋《うず》めたい衝動に駆られた。

なるほど、これならば暴漢でなくとも彼女を襲いたくなるというものだ。

さて、どうしたものか。

はっきり言ってしまえば、僕は彼女に恋心を持っているわけではない。

彼女が暴漢に襲われて凌辱《りょうじょく》されたとしても、可哀想に、と思うだけで寝盗られたような感覚は覚えないだろう。

ただ同時に、この魅力的な肢体を見知らぬ下衆《げす》どもに好き放題される、というのが面白くないのも事実だ。

目の前に手付かずの処女の肉体があるのだ、最初に貪るのは自分でありたい、そんな欲求は確かにある。

だが、反面、その身体を味わうのは彼女が初物ではなくなって奴隷となってからでもいいという気持ちもあった。

彼女のような美少女の処女を奪えれば、男として最高の達成感を得られるだろう。しかし、たとえ大勢に凌辱されたあとだとしても彼女のような美少女を奴隷にできたならば、やはり達成感を得られるに違いない。

むしろ、辛い目に遭う彼女には申し訳ないが、いつでも好きな時に抱くことができる奴隷のほうが男としてはうれしいほどだった。

つまり、中心にあるのは彼女の肉体を味わいたいという性欲であり、彼女を救うのは僕の善意、というのが大きい。強制イベントの検証という側面があるのは確かだが、その実験は別に今回じゃなくてもいいからだ。

ただその善意も、聖人のように絶対のものではなく、今日のように疲労すると陰《かげ》りが見られるものだった。

（っていうかそもそも彼女の処女がもらえるとは限らないしね……）

彼女が襲われる↓僕が助ける↓大好き！　抱いて！　などという展開にならないだろうことは童貞の僕でもわかる。

彼女を抱くには、助けた後も彼女を口説《くど》いたりしなければならないし、今日のように買い出しを手伝う必要もあるだろう。

それは、はっきり言って、ダルい。

となれば、いっそもう彼女を助ける場合は見返りを求めず、もう強制イベントを変えることができるか、という実験として割り切ったほうがいいかもしれない。

さぁどうしたものか……。

「……どうしたの？　やっぱり疲れちゃった？」

じっと黙って考え込んでいると、エリーゼがこちらを覗き込んで心配そうな顔をしていた。

「や、ちょっと考え事をね……」

そう言うと、彼女は苦笑した。

「別に気を遣わなくていいのに。疲れたんでしょ？　ごめんね？　私、男の子とデートするの初めてでちょっと舞い上がってたかも」

その彼女の言葉に、少しだけ僕は驚いた。

「デート？　買い出しじゃなくて？」

「デート、だよ。買い出しなんてすぐ終わっちゃったじゃない」

「……デート、か」

買い出しではなくデート。そう考えるだけで、今日の精神的疲労がぐっと減るのを感じた。

どうやら、自分でも気づいていていなかったのだが、デートではなく買い出し名目だったのがストレスだったようだ。

デートならば、今日みたいな日も悪くない。そうとすら思ってしまっている。

（単純だな、僕は……）

自分でも単純だと思うが、しょうがない。男というのはそういう生き物なのだ。

それに、僕にしても、安藤礼《あんどうれい》にしても、女の子とはとんと無縁の生活を送っていた。

僕は、ただの農民の息子で、長男ではあったが畑も小さく村の女の子には見向きもされなかったし、安藤礼はオタク気質の女の子に挨拶もできない内気な性格で、女の子から話しかけられるような要素も持っていなかった。

いわば、今の僕は二人分の童貞が加算されたダブル童貞なのである。

デートという言葉一つで、心が傾いてしまうほどちょろい生き物なのだ。

（仕方ない、暴漢イベントが起こるまで続けるか）

そして、僕はそう決めた。

結局、僕は彼女に恋心を抱いているわけではないが、見捨てるほど嫌いというわけでもなかったということだ。

内心でそう苦笑していると、ふと彼女がパンと手を打った。

「そうだッ、一個だけ買い物忘れちゃった！」

「ええ……」

（……ッ、来たか！）

内心を押し隠し、呆れた雰囲気を出す。

「ごめんごめん、あと一個だからさ、先に帰っててよ」

そう言い、彼女は目の前に見えている宿屋を指差した。

「荷物は宿の裏手に置いておけばわかると思うからさ」

「わかった」

「本当？　じゃあ今日は本当にありがとう。このお礼は絶対するから！」

そう言い残し走り去る彼女を尻目に、僕は宿屋の裏手へと荷物を置きにいくのだった。


――俺の泊まってる宿屋の娘がすげぇ上玉なんですよ。

スラムの縄張りで、砕かれた顎の療養をしていたビリーにそう言ってきたのは、グループに入ってきたころ面倒を見てやった後輩の一人だった。

脂肪のついただらしない身体つきをした小柄な男で、ニキビ跡だらけの醜い顔をニヤニヤと歪めている。一目で戦いの場から離れて久しいことと、その低俗な精神が見て取れるような男だった。剣の手入れの仕方も知らなかったこの男に、迷宮探索のイロハを叩き込んでやったのは他ならぬビリーであり、それを恩に感じているのかいないのか、いつの間にかこの男はビリーの舎弟《しゃてい》のような立場に納まっていた。

「それが……どうしたんだよ」

そう言いながら、喋り難《にく》さにビリーはイライラを加速させる。

治療院の回復魔法陣で治療してもらったとはいえ、ぐしゃぐしゃに砕かれた顎は未《いま》だ完全には戻らず、喋るたびにビリーに微かな違和感をいだかせた。

ビリーは、先日の闘技場でのことを思い出す。漆黒の闇とか名乗るふざけた名前のふざけた格好をしたふざけた男。

ソイツは、あろうことか卑怯にも自分を不意討ちで倒した挙げ句、街中の話題をかっさらっていった。

今、ビリーが街中を歩くと、あの試合を見ていた人々は口々にビリーに災難だったな、と声をかける。

だが、彼はその眼の奥に嘲笑が宿っているのを、確かに感じ取っていた。

ＬＶ３のふざけた名前の雑魚に負けたさらなる雑魚、とその目は言っていた。

（糞が！　正面から戦えば確実に俺が勝つんだよッ）

自分が倒れた後の戦いを見ていないビリーは、そう確信し歯噛みする。自分が負けたのは、奴が汚い不意討ちをしたからなのだと、彼はそう信じていた。

「ですから、ね？　へへ、ここは一つ、良い女を抱いて英気を養うってのはどうかと……」

へへ、へへ、と卑屈に笑う後輩を見ながら、ビリーは思案する。なるほど、悪くない。女を抱いてる間なら、この顎の違和感を忘れられる気がするし、この溜まりに溜まった鬱憤を女にぶつけたいという衝動があった。

好きなだけ抱いて、飽きたら奴隷商に売れば良い小遣い稼ぎにもなる。それは、今までも何度も繰り返してきたビリーの楽しみの一つでもあった。

「……とりあえず、その女を見にいくか」

「そうこなくっちゃ」

喜び勇む後輩を見て、英気を養うというのは建前で自分がおこぼれをもらうのが目的だとビリーは気づいたが、何も言わなかった。

最初こそ自分だが、途中からは複数が基本だったし、自分が休憩している間も仲間に犯させ続け女に休む時間を与えないのがビリーの好みのやり方だったからだ。

その美人の宿屋の娘とやらをむちゃくちゃにする想像をしたビリーは、股間を硬くしながら後輩の後をついていった。


「ヒューッ、確かにコイツは上玉だ」

件《くだん》の宿屋の娘、エリーゼを見たビリーは、思わず口笛を吹いた。

「でしょう？」

なぜか我がことのように自慢気に胸を張る後輩は無視し、ビリーはエリーゼを視姦した。

安宿屋の娘ということでさほど期待していなかったが、予想以上の上玉だ。控え目に見積もっても高級娼館の人気嬢位のルックスがある。しっかりと着飾れば、貴族の令嬢にも見えるかもしれない。

後ろのいかにも田舎から上京してきましたという少年にたくさんの荷物を抱えさせていることから見て、性格は傲慢《ごうまん》そうだが、それがまた良い。

ビリーは、一見気が強そうで高慢ちきな女を力で屈服させるのが大好きだった。

最初のうちは憎々しげにこちらを睨んでいた女が、最終的には涙ながらに自分の糞尿すら喰らう様には、感動にも似た快楽を感じる。

そして最後には、奴隷商に売るのだが、その時にささやかな嘘をつくのがビリーの一番の楽しみだった。

その嘘とは、自分達が奴隷商の手下であり、女を売ったのは実の親だという嘘。

いつかは家族が助けてくれるという希望を心の支えにしている女達が、その瞬間浮かべる絶望の表情。それを見るのが、ビリーの一番の楽しみだった。

あの女はその時どんな表情を浮かべるだろうか。

その瞬間を想像しながら、ビリーは夜になるのを待った。

そして、夜。

日が暮れる前にエリーゼが帰宅しそうになった時は、また来週を狙うかと諦めかけたが、どういうわけかエリーゼは宿屋の前で連れの男と別れ一人になった。

その幸運に舌なめずりしながら、ビリーは仲間達と共に彼女を襲った。

といっても、いきなり襲いかかり拉致するわけではない。

まずは、数人の仲間があからさまに尾行し、プレッシャーをかける。

そして、徐々に徐々に人気《ひとけ》のない方に誘導し、そしてスラムの自分達のグループの縄張りに入ると〝狩り〟を始める。

巧妙に表通りへの道を塞ぎながら、少しずつ、少しずつ獲物を追い詰めていくのだ。

基本的には、一定の距離を保ったまま獲物を追い詰める。そして、獲物がうっかり行き止まりに辿り着いたその瞬間、一気に襲いかかり、獲物の服を少し破る。

そこで、不自然ではない程度に隙を見せ、いったん女を逃がす。

それを繰り返すうちに、獲物は裸同然の格好でスラムの街を走り回ることになる。

若い女が、白い肌を晒《さら》し尻を振りながら逃げる様は、否応なしに男達の興奮を煽り、その後の祭りの実に良いスパイスとなる。

ビリー達は、この狩りを〝全裸鬼〟と呼んで楽しんでいた。


「ハァッハァッハァッ」

「ハハハハッ、どうしたッ、だんだん脚が鈍ってきたぞ！」

下卑た男達の声を背に、エリーゼは息を荒らげながら夜の街を駆けていた。

心臓はとうの昔に悲鳴を上げ、太ももはパンパンになり、ふくらはぎは限界を越えた運動にいつ吊ってもおかしくない。

それでもエリーゼは立ち止まるわけにはいかなかった。立ち止まれば、エリーゼの人生はその瞬間に終わってしまうのだから。

「そんなに尻を振って誘ってんのかよぉッ」

（くぅ……！）

男の嘲笑に、エリーゼの顔が赤らむ。

すでにエリーゼの服はないも同然であり、その豊満な乳房も形の良い尻も露《あらわ》となっている。

男達が、服を破るたびにエリーゼをわざと逃がしていることに、彼女は既に気づいていた。

あの畜生にも劣る男達は、エリーゼを裸同然で走らせることで辱《はずかし》め、そのたわわに揺れる乳房と左右に振られる尻を見て楽しんでいるのだ。

——苦しい。

エリーゼの視界がじわりと歪む。

——悔しい。

決して泣かない、とエリーゼは決めていた。泣けば、本当の意味で負けた気がするから。

——悲しい。

だが、エリーゼの気持ちに反して涙がじわりと浮いてきた。

もう、本当に限界なのだ。もっと速くと脳が命令を出しても脚はどんどん遅くなり、肺がなくなってしまったかのように酸素を取り込むことができない。

ふと、数日前から宿に泊まっている少年のことを思い出した。

一見、田舎から出てきたばかりの普通の少年。宿屋の娘であるエリーゼが子供のころから見てきたタイプの少年だ。

英雄譚の冒険者に憧れて、田舎から迷宮都市にやってきて、勇敢と無謀を履き違えて命を落とすタイプの人間。

子供のころから飽きるほど見てきて、絶対彼氏にはしたくないと思っていた。

にもかかわらず、気づけばデートをしていたのはなぜだろうか。

少年は、話してみると明らかに他の人間とは異なっていた。

キラキラと、夜空の星を見るように現実感のない眼差《まなざ》しをした失敗するタイプの若者と違い、明確な計画を立て一歩一歩大地を踏みしめるような眼をしていた。

話してみれば、まるで初めからすべてがわかっているかのような顔をしてみせ、エリーゼは思わず以前会ったことがあるのかと問いかけたくなった。

少年が、実はかなり整った顔をしていることに気づいたのはその時であり、気づけば買い出しと称したデートの約束を取り付けられていた。

そのくせ、何が田舎者よ、女慣れしてるじゃない、とちょっと胸元を強調してみれば、そこらの純朴な少年と同じリアクションをする、チクハグな印象の少年。

いざデートをしてみれば、ポンポンとエリーゼのために服を買い、ますます少年のことがわからなくなった。

結局その日、少年が自分の服代も含めて使用した金額の合計は銀貨十枚近く、上京してきたばかりの田舎者が簡単に使える額ではない。無理して絞り出している気配もなく、かといってどこぞの富豪の御曹司《おんぞうし》という風でもない。エリーゼの中で少年に対する興味がどんどん膨らんでいった。

だからだろうか。ついつい、いつもよりずっと長く外出してしまったのは。

……実は、最近夜の街で拉致事件が相次いでいるのは知っていた。

捕まった娘は散々いたぶられた後奴隷として売られてしまうのだという噂も。

だから父には夕方までには絶対帰ってくるように釘を刺されていたし、今までもそうしていた。

それが、今日その禁を破ってしまったのは、少年とのデートが楽しかったからだ。

楽し過ぎて、つい重要な調味料を買うのを忘れてしまった。

だからきっとこれはあの不思議な少年のせいなのだ。

(だから、何でもするから助けてよぉ……ケインくん……)

そしてついに立ち止まってしまったエリーゼの腕を、男の手がぐいっと掴み、物陰に引き摺り込んだ。

散々追い回されて体力を根こそぎ失ったエリーゼにそれに抗《あらが》う力はなく、諦観《ていかん》と共にその腕に身を委《ゆだ》ねる。

(あぁ、もう私、終わりなんだ……)

そんな想いと共に涙が一筋頬を伝わる。だが、次の瞬間、頭上から降ってきた声に彼女は耳を疑った。

「静かに……大人しくしてて」

聞き覚えのある声にハッとそちらを見ると、そこには柔らかな優しい微笑みを浮かべた少年がいたのである。

第七話　そして少女は

（ベストタイミングだったな）

瞳を潤ませこちらを見上げてくるエリーゼを優しく抱きしめながら、僕は内心ほくそ笑んだ。

そう、僕はエリーゼが暴漢にスラムの方向に誘導されている段階で彼女を捕捉していたのだ。

そこで僕が考えたのは、どのタイミングで彼女を助けるか、ということだった。

暴漢にじわりじわりと追い込みをかけられている段階？　いや、それでは多少不安になるだけで、ちょっと僕が感謝されるくらいだろう。そして何よりそれでは暴漢達も、舌打ちをして今回は見送るとしてもまた今度襲撃をかけようと画策するだけだ。

じゃあどの段階なら彼女に最大限の恩を売れて、なおかつ暴漢達を一網打尽にできるか。

最初に考えたのは、エリーゼが暴漢達に捕まり、ついにその純潔が散らされるッ、という直前。

エリーゼが最も追い詰められている瞬間であり、そんなタイミングで乱入されたなら、暴漢達は全員で乱入者に襲いかかってくるだろう。そこで、暴漢達を根こそぎ叩きのめす。

いかにも物語的展開で、実に格好が良い。

僕も最初はこの作戦でいくつもりだった。それが、気が変わったのは、つい先ほどだ。

ふと、疑問が頭を過ったのだ。あまりにできすぎたタイミングではないだろうか、と。

確かにドラマチックな展開ではある。エリーゼの好感度もうなぎ登り、吊り橋効果で恋心を抱いてしまうかもしれない。

だが、その時は疑問に持たれないかもしれないが、時間が経《た》ち当時のことを回想した時、疑問に思うかもしれない。

すなわち、あまりにタイミングが良すぎないだろうか？　まるで出待ちをしていたようだ、と。

それは不味い。もしそんな風に疑問に持たれたら、それまでの好感度が一気に反転する可能性がある。

よって僕は計画を変更することにした。

エリーゼがかなり追い詰められ、なおかつ暴漢達に完全には捕まっておらず、かつ出待ちと思われない程度のタイミング。

つまり、今だ。

「ケイン……くん」

そして、作戦は見事に成功。エリーゼは瞳を潤ませ、頬を赤らめてこちらを見上げている。

こちらが、彼女が全裸で外を走り回ってその大きなおっぱいを揺らす様にハァハァしていたことなど、つゆ知らずに……。

裸で逃げ惑うエリーゼの姿は、僕に歪《いびつ》な性癖を芽生えさせそうなほどに扇情的だった。

少しずつ少しずつ服を奪いとっていき、裸で野外を走り回らせるという彼らのプレイは、童貞の僕にはいささか刺激が強すぎた。

正直、暴漢側でエリーゼを追いかけ回してみたいとチラリと思う程度には。

揺れる乳房は、走るたびに波打ちその柔らかさを僕に想像させ、羞恥に染まった頬は興奮を煽って、荒い息は喘《あえ》ぎを連想させた。

ステータス補正で感覚が数十倍になった僕は、闇夜の中でもくっきりと彼女の白い肌が見え、結果、計画ではもう少し早く彼女を保護する予定だったのが、かなりギリギリとなってしまった。

もっとも、彼女の様子を見る限りでは、それが逆に功を奏したようだったが。

「!?　いねぇぞ？　どこに行った？」

曲がり角を曲がってきた暴漢達の困惑の声が届く。ビクリ、とエリーゼの肩が震え、ギュッと僕に強く抱きついてきた。むにゅり、と柔らかいものが僕の体に押し付けられる。すばらしい。

「落ち着けよ。どうせ隠れてるだけだ。そう遠くに行っちゃあいない。手分けして捜すぞ」

暴漢達のリーダー、確かビリーとか言ったか。ソイツが、冷静に指示を出す。

彼の姿を見た瞬間、僕の暴漢達の戦闘力に対する懸念は消えていた。

あの鼻ピアスには見覚えがあった。確か僕が闘技場で顎を砕いてやった奴だ。

奴がリーダーを張れているということは、高くてもビリー程度の戦闘力ということ。ならばもう、このイベントに僕の生命の危機は存在せず、いかにエリーゼの反応を楽しむかという娯楽に成り下がっていた。

（さて、このまま彼らの前に現れて彼らを倒してしまうのもいいが……）

チラリと腕の中のエリーゼを見る。

あと少しだけ、裸で逃げ惑うエリーゼの姿を最前列で観賞したい気もする。

裸のエリーゼの手を引き、暴漢達から逃げ回る。それは想像するだけで興奮する光景だった。

それに、できる限りすべての暴漢達を一ヶ所に集めて始末しておきたい。

チラリ、と辺りの様子を窺《うかが》うが、暴漢達の姿は見えない。だが、近くにはいるのだろう。彼らの怒声が聞こえる。

僕はエリーゼの手を引くと囁いた。

「今のうちに」

だが、予想に反しぐいっとエリーゼに手を引かれる。

「ま、待って。私もう、走れない……」

泣きそうな顔のエリーゼを見ると、その脚は今にも崩れ落ちそうなほどに震えていた。

おそらくその原因は限界まで走り回った疲労もあるだろうが、恐怖も大きいだろう。

裸でいるという心細さ、夜のスラムという危険地帯、男達に追い回されているというシチュエーション。それらが、彼女に肉体的疲労以上の負担をかけている。

一人で逃げ惑っている間は、とにかく死に物狂いだっただろうが、僕という存在が現れ、一気にそれが解放されはじめたのだ。

「……………………」

「あ、あの、ご、ごめんなさい。あ、あと少しくらいなら走れるから」

僕が無言で考え込んでいると、エリーゼは恐怖にひきつった顔でそう言った。

僕に見捨てられると思ったのだ。

僕はそんなエリーゼを安心させるように微笑むと、彼女を抱き上げた。

「え、きゃっ」

「静かに」

俗に言う、お姫様だっこという形になったエリーゼは、先ほどまでとは違う羞恥に顔を赤らめる。

腕に、彼女の柔らかい重みがかかるが、僕の筋力をもってすれば軽いものだ。むしろ彼女の柔らかさを感じられる分、手を引き逃げ回るスタイルより楽しめるに違いない。

そんなことを思いながら物陰から出ると、僕は彼女を抱き上げながら夜のスラムを駆けだした。

「ッ、いたぞ！　男が増えてやがるぞ⁉　見張りは何してんだッ！」

近くに張り込んでいたのだろう。すぐに僕らは見つかり、配下の男に大声をあげられる。

エリーゼはギュウッと僕の胸にしがみつき身を強張《こわば》らせるが、僕はニヤリと内心で嘲笑《あざわら》った。

実にいいリアクションだ。その調子で仲間を集めてくれ。

そして僕は、暴漢達から一定の距離を取りながら走りだすのだった。


捕まりようもない鬼ごっこを始めて、三十分ほど経ったぐらいだろうか。

僕達は、スラムの隅、かつてはそこそこの大きさの屋敷が建っていたのだろう焼け落ちた廃墟の敷地へと追い詰められていた。

「……ついに、ハァハァ、追い詰めたぞッ、糞ガキが」

男達の先頭に立ったビリーが息を切らしながらこちらを睨み付ける。

エリーゼを追いかける程度のジョギングとは違い、今度はかなり全力疾走に近い鬼ごっこだ。彼らはみな肩で息をしており、かなり苛立《いらだ》っていた。

（しかしこれはすごいな……）

彼らはすべての仲間をかき集めたのだろう。男達の数は見渡す限りでも百人以上。まぁスラムを包囲するのだからこれくらいの数は欲しいところか。

（百人以上、か……）

予想以上の数に、僕は喜びを隠せなかった。

いい、すごくいい。何がいいって、百という数字がいい。

これならば、取得を諦めていたあの称号を得られるかもしれない。

そんな風に僕は喜んでいたのだが、エリーゼの考えは違うようだった。

彼女は徐々に増えていく男達の数に可哀想なほどに怯え、縮こまり。ついにこの行き止まりに着いた時には、顔を真っ青を通り越して紙のように白くしていたのだが、今はなぜか悲壮な決意すら漂わせた顔をしている。

やがて彼女は、するりと僕の腕から抜け出すと、男達に向かって一歩前に出た。

「エリーゼ？」

怪訝に思った僕が彼女の名前を呼ぶと、彼女は完全にひきつった笑顔を僕に向けた後、彼らに向かって言った。

「お、お願い、します。わた、私はどうなってもいいですから、彼は、みのが、見逃してあげてください」

（――――……）

その時、僕は確かに頭が真っ白になるのを感じた。雷が、頭上に落ちたかのような精神的衝撃。思考が完全に空白となり、さまざまな雑念が消えるかのようだった。

僕がじっとエリーゼを凝視する中、男達はその提案に一瞬呆気に取られたように沈黙し。

「ギャハハハハハハハハハッ！！！！」

次の瞬間、盛大に爆笑した。

彼らの嘲笑の渦の中心で、全裸のエリーゼは静かに体を震わせている。僕は、そんな彼女の美しい姿を、ただただ凝視していた。

「ふぅー……笑った笑った」

ひとしきり笑うと、男達を代表しビリーが言う。

「んー、どうすっかねぇ。今日は散々てこずらされたし……ここは一つエリーゼちゃんの誠意が見たいなぁ」

「せ、誠意？」

薄気味悪いビリーの猫なで声に、少女が震える声でそう答えると、彼はニヤリと下卑た笑みを浮かべた。

「そうだな。まずは、こっちに向かって大きく脚を拡げて、自分でオマ○コを開いて『何でもしますから私のオマ○コを肉便器に調教してくださいッ』って言ってもらおうか」

ビリーが、わざとらしくエリーゼの声真似をしてそう言うと、男達はまたも爆笑した。

若い年頃の、それも男と付き合ったこともない処女に対してあまりに酷な要求。

それは、彼らの手に落ちた場合彼女が辿る運命を想像させるには、十分なセリフだった。

「どうした？　やれよ」

ニヤニヤと笑いながらビリーが言う。嗜虐に歪む瞳が、蛇のようにエリーゼを睨み据える。

それに、エリーゼはビクリと肩を震わせた後、恐る恐る脚を開いていき――。

そこで僕は彼女の肩に手を置いた。

「彼らの要求に従う必要は、ないよ」

「…………え？」

呆然とこちらを見返す彼女に、僕は静かに微笑み返した。

「アんだぁ？　てめぇは今関係ねぇよ、すっこんでろ、糞ガキ」

ビリーが、すごみがある――と自分では思っているだろう声音でこちらを恫喝《どうかつ》してくる。それに対して、僕は億劫《おっくう》そうに彼らを振り返ると言った。

「やかましいゴブリンどもだな。人間様の言葉を覚えたばかりで使ってみたい気持ちはわかるけど、少しは黙ってろよ」

「……………………………………………………………あ？」

ビリーは呆気に取られた後、僕の言葉を咀嚼《そしゃく》し、その意味を噛み締めると怒りの表情を浮かべた。

「……てめぇ、状況がわかってねぇのか？　こっちは百人以上いんだぞ」

「人《にん》……ではなく、体《たい》だよ」

「あ？」

「ゴブリンの数え方だよ。人間は、ゴブリンを人ではなく体で数えるんだ。勉強になっただろ？」

もはや、ビリー達は言葉もなかった。顔を真っ赤にして、憤怒の形相となる。

そして僕はエリーゼを優しく下がらせると、腰からソウルイーターを抜き放った。

「……こっ＠糞■キガァアアア――■――!!　■■■■ってやる」

その瞬間、彼らは怒声を上げて襲いかかってくる。興奮しすぎていて何を言っているかよくわからない。

「故郷の言葉が出てるぞ？　ホブゴブリン」

そんな彼らを、僕は涼しい顔で迎え撃った。


もう駄目だ。

それが、その時のエリーゼの偽らざる気持ちだった。

体力の限界を迎えたところで、ケインが助けにきてくれた時は、助かった、と思った。

月明かりに照らされて白銀に輝く彼の髪は幻想的なまでに美しく、その輝きは、この暗闇から自分を救い上げてくれる光に見えた。

こんな状況で、ときめかない女がいるだろうか。いや、いない。

無事二人で帰れたら、何でもしようと心の底から思ったほどだ。

もう動けないと言った後、彼がお姫様だっこで抱き上げてくれてからは、エリーゼはふわふわと現実感がなかった。

こんな状況だというのに、エリーゼの胸は加速度的に高鳴り、自分が底なしの恋に堕ちていくことを自覚した。

これが物語ならば、自分達は無事帰還しその後甘い夜を過ごすのだろう。

だが、現実は物語と違い非常にシビアだった。

男達は徐々に包囲網を縮めることで二人の所在を察知し、同時に男達の数も倍増していった。

なまじ、無事に帰還した際の甘い希望を夢見ていただけに、徐々に男達の数が増えていった時の絶望はすさまじかった。

そして、その時がついに来た。

懸命に自分を抱き抱えて走り回ってくれたケインだったが、ついに行き止まりへと追い詰められてしまったのだ。

そのころには男達の数は百人以上に膨れ上がっており、二人の終焉《しゅうえん》を予期させた。

これからどうなってしまうのか。あまり想像したくない未来が待っているのは確実だろうが、エリーゼは頭をフル回転させて想像した。

まず自分は間違いなく彼らのオモチャにされるだろう。具体的な方法は想像できないが、普通に犯されるくらいなら幸運だと思う程度の扱いを受けるだろう。

ではケインはどうなるか。……確実に無傷で帰ることはないだろう。袋叩きにされればまだマシ、拷問を受けて殺されるかもしれない。あるいは、重度の障害を残して敢《あ》えて生かしておかれるかもしれない。

時折、街ではスラムに迷い込んだ男性が、手足を無茶苦茶に折られ見つかるという事件が起こっている。中には眼を潰されていたり、性器が切断されていたりすることもあるらしい。

おぞましい、人間の所業とは思えない話だ。それを、この男達は遊び半分で本当にやるだろう。エリーゼは想像する。ケインが手足を折られ、顔をパンパンに腫れ上がらせながら翌朝街中で発見される様を。

それだけは絶対に避けなければならない、とエリーゼは思った。

どうしてここに？　問いかければ、帰りが遅いから捜しにきた、と笑ったお人好《よ》しの少年。彼はただ自分の不運に巻き込まれただけの善良な一般人だ。

今でも思い出せる。宿屋の食堂で、ニマニマとうれしそうにステータスカードを見ていた少年。どうしたのかと問いかければ、ＬＶが上がったのだと照れくさそうに笑っていた。微笑ましい光景。

恐らくまだ低ＬＶなのだろう。そんな彼の未来には、無数の選択肢が広がっている。その中には、彼の夢だろう、一流の冒険者となる未来もきっとあるだろう。

そして、自分の未来はもはやただ一つ。ゲスな男達に弄ばれ、死よりもおぞましい人生を送るだけの惨《むご》たらしい未来。だが、そんな選択肢しかない自分にも、変えられる未来が一つあった。

それが、彼、ケインの未来だ。

彼の無数に広がる未来を、自分が潰すのだけは避けなければならない。それだけは、絶対に嫌だ。

だからエリーゼは、暖かく優しさに満ちた少年の腕の中から降りた。

途端、秋が近くなってきたスラムの夜の冷たさがエリーゼを襲う。

それはエリーゼの未来を暗示するような冷たさで、エリーゼは風の冷たさ以上にガタガタと震えた。

「エリーゼ？」

ケインの怪訝そうな声が背中に掛けられる。

それにエリーゼは振り返ると、全精神力を駆使して、笑った。

彼の姿を眼に焼き付けるようにしながら、エリーゼは思う。

自分は上手く笑えているだろうかと。

きっとこれは自分が生涯で最後に浮かべる笑みだ。これから先、エリーゼが笑うことは、絶対に、ない。

だから、この最後の笑みが、彼の記憶にずっと残るよう、最高の笑みを浮かべていたかった。

そして、エリーゼは憎い悪党どもに向き直ると、気持ち的には毅然《きぜん》と告げた。

「お、お願い、します。わた、私はどうなってもいいですから、彼は、みのが、見逃してあげてください」

彼らのような人間の屑《くず》にお願いするのは、屈辱だった。

だが、エリーゼは自分のプライドを押し曲げ、彼らに懇願する。

ケインが助けてくれる直前、何でもすると思ったのは、嘘ではない。結局自分は助かりそうにないが、それでも彼は助けにきた。ならば今度は自分が約束を守る番。彼のために、何でもする番だ。

男達は、エリーゼのその提案に一瞬沈黙すると、次の瞬間、爆笑した。

エリーゼは渾身の想いを一笑に付されたようで悔しかったが、決して涙を流さなかった。ただただ静かに、頭をさげ続けた。

彼らがひとしきり笑った後、男達のリーダーなのだろう、下品な鼻ピアスの男が言う。

「ふぅー……笑った笑った。んー、どうすっかねぇ。今日は散々てこずらされたし……ここは一つエリーゼちゃんの誠意が見たいな」

「せ、誠意？」

誠意。本来は負の意味などない言葉だろうに、この男の口から出ると、すさまじく嫌な予感がした。

男は、未だ裸体を晒したままのエリーゼをじろじろと見ながら言う。

「そうだな。まずは、こっちに向かって大きく脚を拡げて、自分でオマ○コを開いて『何でもしますから私のオマ○コを肉便器に調教してくださいッ』って言ってもらおうか」

男の口から出たのは、信じられないセリフだった。

一瞬脳が意味を理解することを拒否し、そして意味がわかると体が勝手に震えだした。

なんという下卑た発想。そして何よりも恐ろしいのは、これが序の口だということ。

それは、男達の手に落ちればこれが軽く思えるほどの仕打ちを受けるということを意味していた。

「どうした？　やれよ」

その言葉に、エリーゼはビクリと肩を震わす。

死んでもやりたくない。だが、そんなエリーゼの脳裏をケインの顔が過った。

やるしかない。やれば確実にエリーゼの中の大事な何かが失われるだろう。だが、それ以上の物を守れる。そう考えれば、エリーゼの脚はゆっくりと、微かにだが開きはじめた。

屈辱と羞恥に、エリーゼの視界が歪む。先ほどから、胃が石を呑んだかのようにズンと重い。心臓は痛いほどに跳ね、いつ気絶してもおかしくないほどだ。

それでもエリーゼは耐えた。そうして彼女の脚が肩幅ほどまで開いたその時。

「彼らの要求に従う必要は、ないよ」

ポンとケインの手が優しく肩に置かれた。冷えた肩に、暖かな熱が伝わってくる。

「…………え？」

茫然と彼を見返すエリーゼに、彼は今までにないほど優しい笑みを返した。

——そして、殺戮《さつりく》が始まった。

といっても、エリーゼには戦いの様子はよくわからなかった。

彼は終始、エリーゼの眼には捉えきれない速度で動き回り、白い光が煌《きら》めいたかと思うと必ず一人の首が闇夜に飛んだ。

時折、自分の近くで何かが切り払われる音がしたかと思うと、地面には二つに切られた矢が落ちており、そこでようやく自分へと飛んできた流れ矢を、ケインが切り払ったのだと気づいた。

どうしてこの暗闇の中で矢を視認できるのか、矢が自分を狙った物と把握できるのか、そしてどうすれば矢よりも早く自分の許に戻り矢から自分を守れるのか。

それはエリーゼにはわからない。

ただ一つわかるのは、ケインがすさまじい強さを持っているということだ。

ケインが百人以上の人間を皆殺しにするのに、十分とかからなかった。

男達は、みな例外なく首を切断されて死んでいる。

その中には、もちろんあの鼻ピアスの男もいた。

無数の死体の中に立つケインは、これだけの数の人間を斬り倒しても返り血一つ浴びていない。

白銀の月に照らされて、死体の山の上に立つ少年。それは幻想的な光景であり、そしてもはやエリーゼの眼には少年が人間には見えなかった。

いったいこの少年は何者なのだ。今まで自分はこの少年を田舎から出てきたばかりの新米冒険者だと思っていた。だが、これはどうしたことだ。この惨劇は、けっして新米冒険者に起こせるものではない。

今ならエリーゼにもわかる。この少年は異質だ。

そして、エリーゼの中に一つの疑問が生まれる。

なぜ、これほどの力を持つならば、男達の包囲網を破って逃げ出さなかったのかと。

これほどの力を持つならば、数人の男達を打ち倒すことなど容易だったはずだ。

そうエリーゼが疑惑に満ちた視線を送ると、少年がエリーゼの視線に気づく。

少年はエリーゼを見ると、一瞬視線を地面に落とし、そして月を見上げた。

「……………人を殺したのは、初めてだ」

ポツリと、独り言のように呟かれたその言葉に、エリーゼはハッとした。

エリーゼの中に生まれかけていた少年への疑惑の念が溶けて消えてゆく。

あぁ、そうか。簡単なことじゃないか。

この心優しい少年は、人を殺したくなかったのだ。たとえそれがこのような外道でも。

だから、簡単に殺せる男達から逃げ回った。

それでも結局殺したのは、他ならぬ自分のためだ。本来ならば待ち受けていただろう地獄から自分を救うため、少年は人を殺すという咎《とが》を背負ったのだ。

そして、皆殺しにしたのは、中途半端に見逃すことで残党が復讐を企《たくら》まないようにするため。そう、残党が復讐するなら、敵《かな》わない彼ではなく弱みとなる自分を狙うだろう。

すべては――自分のためなのだ。

エリーゼの胸が、今日一番に高鳴った。

フラフラと、自身が裸であることも忘れ、光に惹《ひ》かれた虫のように少年へと近づいてゆく。

そして、じっと無言で殺人の咎の重圧に耐える少年を抱き締めた。

自分には、少年が自分のために背負った咎を肩代わりすることはできない。

ゆえに償おう。この優しい少年に罪を犯させた罪を償おう。

身も心もすべてを捧げ、一生を懸けてこの少年に奉仕しよう。

それを、自分の唯一無二の幸せとしよう。
エリーゼは少年の髪と同じ輝きをした月明かりの下、そう決意した。
――この日、一人の少女が腹黒少年の手によって修羅道《ヤンデレ》へと堕ちた。

第八話　英雄の条件

暴漢イベントから、二日が経った。

あれから、無事エリーゼを宿に送り届けると、宿は蜂の巣をつついたような騒ぎとなった。

いつも、必ず門限を守っている愛娘《まなむすめ》が、今日に限っては妙に遅い。買い出しを頼んだ荷物だけが裏手に置いてあり、日が暮れても戻ってくる気配はない。

加えて、最近街では、若く美しい娘だけを狙った拉致事件が話題となっている。

そんな状況で、宿屋の主人が心配しないというのは不可能であり、彼はなんと食堂を閉め、宿の入り口で仁王立ちして待っていた。

そこに現れたのが、男物の服を羽織《はお》ったほぼ全裸の愛娘と、彼女に服を貸したであろう上半身裸の若い男。

しかも愛娘は疲労困憊《こんぱい》といった有り様であり、目元に泣いた後があるとくれば、彼が邪推しないというのは土台無理な話だった。

ゆえに、僕は彼の怒りに一切逆らわず殴られるに任せ、説明はエリーゼに完全に任せることにした。

無論、エリーゼが恩人たる僕を庇《かば》わないわけがなく、誤解に気づいた宿の主人は、すぐさま申し訳なさそうかつ、感謝した様子で詫びを入れてきた。

ここでエリーゼの気の利《き》くところが、僕とデートしていたために遅れてしまったと言わないところだ。

彼女の話の中では、僕は街中で怪しい男達に尾行されている彼女を心配して後を追った、善良な一般人であるということになっている。

実際はかなり違うのだが、それを知る由もない宿屋の主人は、詫び兼お礼として僕の宿泊代を今後一年無料にすることを約束してくれた。

正直宿屋の主人からお礼が出ることを期待していなかった僕は、このお礼をありがたく受け取ったのだった。

さて、ここまでは順調だった僕だが、ここで一つ問題が出た。

そう、あれから二日経ったにもかかわらず、エリーゼとセックスできていないのだ。

エリーゼが僕に恋心を抱いておらず、ただの恩人としてしか見ていないならば僕も諦めたが、彼女は僕に惚れているのだから、諦められるはずがなかった。

それは、彼女が僕を見る眼からも明らかだった。やや釣り目がちの目を、とろんと潤ませて、ぼうっと僕を見るのだ。接客中も、僕が食堂に来るとそんな様子なので、彼女のわかりやすい恋心はすぐさま宿中に知れ渡った。

わずか二日だというのに、すでに二十回近く常連客にいちゃもんをつけられていることから、彼女の密かな人気の高さを思い知らされる。

そんな、僕にベタ惚れな彼女なのだ。おそらく、押し倒されれば拒《こば》めまい。

そう、未だ彼女とセックスできていないのは、僕のほうに問題があった。

いや、別に僕が包茎だとか短小というわけではない。もっと根本的な問題だ。

どうやって、彼女をセックスに誘えば良いかわからないのだ。

誰かに相談したら、え？　今さら何言ってんの？　と突っ込まれそうだが、そう、僕は童貞なのだ。

彼女をセックスに誘う時、それは童貞にとっては、告白する時よりも緊張する瞬間だ。

もし、間違った誘い方をすれば、百年の恋も一瞬で冷め、破局。

それでも恋人同士なら『なんとなく』という曖昧な感覚で結合できるかもしれない。

だが、僕とエリーゼは恋人ではないのだ。

……確かに、あの日のエリーゼの笑みには見惚《みと》れた。ひきつった、見る者が見れば痛々しいとしか表現できない笑みだったが、僕の目にはこの上なく美しく見えた。

正直に言おう。ぶっちゃけときめいた。

だが、それと恋人になることは別だ。

一度恋人関係になれば、様々なしがらみが生じる。その最たるものが、他の女と浮気できないということだ。

それは、絶対に困る。

〝知識〟を得る前の僕だったら喜んでエリーゼと付き合っただろう。

だが、今の僕は知ってしまっている。僕が、様々なタイプの違う美女達と次々にセックスができる選ばれし者――エロゲ主人公であることを。

にもかかわらず、一人の女に操《みさお》を立てるなどとんでもない。できる限り多くの女とセックスがしたい。そう思うのは男の本能であり、夢だ。

その夢を叶えられる可能性があるのに、捨てるのはただのバカだ。

だから、その、つまり、エリーゼとの関係は、セフレ、という形が望ましい。彼女には絶対に言えないことだが。

そこで、彼女と恋人関係にならないような、それでいて彼女に嫌われないような誘い文句をここのところずっと考えているのだった。

だが。

「ねぇ、良ければ今度一緒にセックスしない？」……ダメだ。デートの誘いとはわけが違うんだから。

「童貞と処女、交換しようよ」……ありえない。

「ヤらせろよッ」……論外。

「セックスが……したいです」……これもダメだな。

「そろそろ交尾の時期だと思わない？」……動物じゃないんだから。

「ちょっと穴、貸せよ」……うん？　これはなかなか……。

思考が完全に迷走し、いささか危険な方向に傾きはじめた時、ふと僕に掛けられる声があった。

「ケーインくん、さっきから難しい顔で何考えてるの？」

「うん？　そりゃもちろんエリーゼと交……ッ」

ハッ、と顔を上げれば、そこにいたのは不思議そうな顔をしたエリーゼだった。

「こう……何？」

「そ、その〜、こ、こ、こう……」

（な、何でもいい、こうから始まって不自然じゃない単語を捻《ひね》り出せ〜、僕の脳！）

「こう？」

「交際……いや、何でもないッ、わ、忘れて」

「う、うん」

危うく、交際と言いかけた僕は慌て会話を打ち切った。

危ない危ない、何でもいいとは思ったけど、交際だけはない。それを口にしたら最後、純愛ルート一直線だ。僕はエロゲ主人公。取るべきルートはただ一つ。ハーレム一択だ。

チラリ、とエリーゼの様子を窺うと、彼女は顔を真っ赤にしてもじもじとしていた。

こ、これはアウトだったか？　聞かれたかも……。いや、でもこの二日僕と話す時はこれがデフォだった気も……。

「…………………………」

「…………………………」

二人の間に、気まずい沈黙が落ちる。

さりげなく彼女の様子を窺うと、彼女の着ている服が僕と一緒に買いにいった時のものだということに気づく。見れば、アクセサリーも僕が買ったものだ。

僕はこれ幸いと彼女にその話題を振った。

「その服、あの日買った奴？　いいね、似合ってる。そのアクセサリーも」

「ホントッ？　良かったぁ」

彼女はパッと顔を輝かせると、ホッと胸を撫で下ろす。

「うんうん、すごく似合ってるよ。特に胸元が開いててセクシーだ」

「えー、エッチだなぁ」

胸元を隠すようにして笑うエリーゼ。

「うん、実は僕エッチしたいんだよね」

「えっ？」

「えっ？」

……………？　しまったッ、言い間違えたァァァァ！

「ごめん、言い間違えた。実は僕はエッチなんだよ、の間違いね」

「え？　あ……、びっくりしたぁ。でもあんまり意味違わないね」

「確かに」

クスクスと笑う彼女に僕も笑い返す。なんとかコメディな空気で流せてよかった。

「それで、何か用でもあるの？」

「あ、うん。実は、次の買い出しのことなんだけど……」

「うん?」

「あの、お父さんがね? この前あんなことがあったから、お前一人では買い出しに行かせられないって言いだして、でもやっぱりお父さんが全部買い出しするのはどうしても不可能で、そこでケインくんが一緒ならお父さんもいいって……ごめん、意味わからないよね」

「や、大丈夫。通じてる。つまり僕に買い出しの護衛をして欲しいと」

「う、うん。そういうこと」

「……うーん」

コクコクと頷く彼女に、僕は腕を組み思考する。

正直、本音を言うならば断りたい。もう彼女と買い出しに行く予定はなく、今後も毎週末一日彼女に付き合って潰れるのは、精神的にも時間的にも厳しい。

先日、百人切りを成したことで、新たな称号とスキルを得たのに加え、LV9となり、クラスを得るまで後一歩となった。

クラスとは、LV10以降になると得られるボーナスのようなもので、取得することでLVアップのたびにステータスにボーナスとクラススキルというクラス特有のスキルを得ることができる。

クラスは基本的に剣士系統、騎士系統、魔術師系統、盗賊系統の四つなのだが、特殊な条件を満たすことで特殊クラスを得ることができる。

その中でも、ゲーム中最も強いとされているクラスがある。

その取得条件から半ば諦めていたのだが、先日取得した称号で半分条件を達成したので、今週中に仕上げをしておきたい、というのもあった。

「あ、あのね、ごめん、嘘。買い出しは口実なの」

僕が悩んでいるのを見たエリーゼは、少し焦《あせ》ったようにそう言った。

「口実？」

「う、うん。ほら、私、まだ助けてもらったのにその……お礼してないでしょ？　だから、その、お礼したいな、って思って」

「お礼かぁ、別に気にしなくていいのに」

お礼を、以前のデートの際と同様僕のコーディネートなどと思った僕はそう言う。ここで、「お礼？　じゃあそのエロい身体でお礼してもらおうかな」などと言えたら楽なのだが、童貞の僕にそれは不可能というものだった。

だが。

「そ、そのお礼っていうか、ほ、奉仕っていうか、ほら、男女が二人でするモノっていうか……」

「え？　それって……」

（まさか、セックスのお誘い……？）

僕がゴクリと生唾を呑み込むと、彼女はこれ以上ないほど顔を赤くして俯く。ビンゴだ！

「ど、どうかな？」

答えは決まっていた。これは要するに、今週末セックスしましょうというお誘いだ。僕はそう認識した。というかこんなに思わせぶりなことを言ったんだから、違ってても押し倒す。

「もちろん、行く」

「ホント？　良かったぁ、じゃあ……週末に、ね？」

ホッと大きな胸をなで下ろすエリーゼ。このたわわなおっぱいが週末には僕の物に……。

僕は勃起した。

「う、うん。楽しみにしてる」

カクカクと挙動不審気味に頷く僕に、彼女はもう一度はにかむように微笑みかけると接客に戻っていった。

「………………………」

（ついにこの時が来たか……）

生まれ落ちてよりこの方背負い続けた童貞という荷を捨てる時が。

実に、感慨深い。

週末、ということはあと四日。あと四日で、エリーゼとセックスができる。

そう考えると、僕はもういてもたってもいられない気分だった。

こんな気分では、今日はもう迷宮には潜れないな。格下の魔物でも不覚を取りかねない。それに、前々から武器屋に注文していた装備一式もまだできあがっていない。

今日は一日ゆっくりすることにしよう。

そうだ、週末に向けてエッチな玩具を買いにいくのもいいかもしれない。きっと楽しいことになるだろう。

そんな風に、週末に向けて思いを巡らせていると、ふと粘っこい視線を感じた。

食堂の一角。身なりの良い服を着た集団がこちらをニヤニヤと不快な目線で見ている。

最近、というかこの二、三日で見かけるようになった男達だ。

この安宿屋には似つかわしくないほどの高級品を身に纏い、高そうなアクセサリーをじゃらじゃらと身に着けている。

彼らの、まるで憐れな者を見るかのような視線に嫌なものを感じながらも、僕は街へと出かけるのだった。


そしてあれよあれよという間に、三日が経過し、週末の前日を迎えた。

もうこのころになると、僕も一日中そわそわして落ち着かなくなり、ついに装備品ができたことも手伝って、クラス取得のため、迷宮、『群れた　小鬼の　王国』に来ていた。

ちなみに、現在の僕のステータスは以下のとおりだ。

［メインステータス］
■アルケイン＝健康　■ＬＶ＝９
■ＨＰ＝８１２／１９２（＋６２０）　■ＭＰ＝５１３／93（＋４２０）
・筋力＝２・62（＋36・00）　・反応＝４・16（＋41・00）
・耐久＝２・81（＋21・00）　・魔力＝１・80（＋16・00）

・意思＝2・21（＋21・00）・感覚＝3・62（＋36・00）
■ボーナスステータス＝8・00

ボーナスステータスも8と中々たまってきており、どう割り振るか悩みどころだった。まぁ一度試したいことがあるので当分は貯めておくつもりなのだが。

また、このところの経験で、素のステータスも微妙に上昇している。まぁ、称号に比べたら誤差のようなものだが。

ちなみに新しく手に入れた称号はこれ。

【百人斬り】：ＨＰ＋１００、筋力＋5・00、反応＋5・00、感覚＋5・00。アクティブスキル《辻斬り》

人間やエルフなどのいわゆる『人』を一度に百人殺すことで手に入れられる称号だ。アクティブスキル《辻斬り》は、相手を斬ることでダメージの一〇％のＨＰを回復するスキルである。ＭＰの使用がないので、パッシヴスキルよりのアクティブスキルだ。

これに加え、百人以上の首を切断して殺したことにより、パッシヴスキル《首刈り》も取得している。称号と同様、一部のスキルも条件を達成することで取得することができる。

大半のスキルは称号とセットになっていることが多いが、バラで与えられるスキルは、取得が難しい分強力な物が多い。

この、一日に百体の敵をクリティカルで殺すことで得られる《首刈り》も、取得するだけでクリティカル率が二倍に跳ね上がるスキルだ。

ゲーム中では、クリティカルが出るかどうかは運任せであり、かなり取得がめんどくさいスキルなのだが、現実では故意に首を刈ることで容易に取得できた。

この世界の生物には、生まれつきどうしても鍛えられないウィークポイントが存在しており、そこはクリティカルポイントと呼ばれている。クリティカルポイントはそれぞれの種族で固有の場所に設定されており、人間の場合は首と金玉などの性器となる。

これは攻略サイトには載っていない知識であり、この世界の住人である僕の知識と向こうの知識が合わさった結果とも言える。

ともあれ、このスキルを得たことで、クリティカルポイントを知らない敵でも、なんとなく、本当になんとなくだが、クリティカルポイントが感覚でわかるようになった。

クリティカルポイントを攻撃すれば防御力無視なので、硬い敵を倒すのが非常に楽になるだろう。

類似スキルに、計千体の敵をクリティカルで殺すことで得られるスキルもあり、それも取得すればさらにクリティカルは出やすくなるだろう。

さて、話は戻るが、今回この迷宮『群れた　小鬼の　王国』に来たのは、クラス取得のための最終調整が目的だ。

そのクラスの取得条件は、以下の四つ。

一つ、称号【百人斬り】を取得していること。

二つ、各ステータスが、15・00を超えていること。

三つ、最も高いステータス二つが30を超えていること。

そして最後。計千体以上の人型モンスターを殺害することだ。

……一人殺せば人殺し、百人殺せば英雄という言葉がある。

このクラスの名は、英雄。

大量殺人を行わなければならない、クラス名と真逆の性質を持った最悪のクラスだ。

通常、剣士ならば筋力と反応が1・00ずつ、魔術師ならば魔力と意思が1・00という具合に、1LVに付き2・00＋ボーナスステータス1・00が通常なのだが、このクラスは全ステータスに1・00ずつ＋ボーナスステータス＋3・00というイカれた性能を持っている。反面、他の職業の三倍の経験値を必要とするのだが、まぁその程度なら些細《ささい》な問題だ。

明らかにバランスブレーカーなクラスなのだが、これには理由がある。

この英雄というクラスは、通常は剣士や魔術師といったクラスでかなり高レベルになってから転職できるようになるクラスなのだ。

ゆえに、英雄になってから上げられるレベルなどたかが知れており、バランスブレーカーとはなりえない。

だが、そんな前提条件を覆《くつがえ》すシステムがこの世界にはある。そう、称号システムだ。

世界を画面の向こう側から俯瞰《ふかん》し、ネット上で情報を共有できるプレイヤーにとって、この取得条件は緩すぎた。

おそらく、プレイヤー達の半分以上がＬＶ10になると同時に英雄、ないしはそれに匹敵する上位職業になっているだろう。

だが、現実にこの世界に生きる僕にとっては、この条件は厳しすぎた。

なんせ、百人だ。百人もの人間を、一日で殺害する。戦場でもなければまず不可能だし、普通に指名手配される。僕の人生ゲームオーバーだ。ゆえに、僕は英雄クラスを半ば諦めていたし、他のクラスを取る準備をしていた。

だが、その障害は先日の暴漢イベントで解消された。

スラムという自警団も立ち入りをためらう治外法権の土地。奴らの縄張りであるがゆえに他に目撃者がいない絶好の立地。そして、相手はかつて幾度となく女を襲い、その人生を狂わせてきた外道達。殺すのに、なんらためらいはなかった。

もしかして、世界が僕に英雄というクラスを取得させるためにお膳立てをしてくれているのでは、とすら思った。

……というのはまぁ冗談だが、そんなわけで、僕は最後の条件、人型モンスター千体撃破を満たすため、この迷宮に来ていた。

なぜなら、この小規模迷宮『群れた　小鬼の　王国』は最後の条件を満たすのに最適だからだ。

第一のキーワード、〝群れた〟によって、敵の数は通常の迷宮の数十倍になる。また、群れる、というのは敵一体一体の戦闘力が低いことを意味し、その魔物の種族値限界のＬＶまで弱くなる。

つまり、経験値が低くなる。

第二のキーワード、〝小鬼〟は、敵の傾向。小鬼が指し示す魔物は、ザコーンの次に弱い魔物、ゴブリンしか存在しない。

そして、第三のキーワード、〝王国〟。これは、この迷宮が小規模迷宮としては最大級の広さを有していることを示し、また敵のパーティー構成が〝軍〟であることを意味している。

これらのキーワードにより、この迷宮は、数十体規模のゴブリンの小隊が迷宮内を巡回し、大広間では大隊規模の数百体のゴブリンが待ち受ける、まさに「戦いは数だよ！」タイプの迷宮であることがわかる。

実に、僕にとって好都合の迷宮だ。さすがに、千体ものゴブリンを殺すのは骨が折れそうだが、《辻斬り》により体力の心配はなく、意思が常人の二十倍以上もある今、戦い抜くことは可能だろう。

仮に今日最後まで戦い抜くのが無理でも、クラスの取得条件的には計千体カウントすればいいので、残りはまた後日に回してもいい。

そんなことを考えながら、装備の点検を終えた僕は迷宮へと足を踏み入れたのだった。


「ぜぇーッ、ぜぇーッ、ぜぇーッ」

薄暗く、辺りにゴブリンの饐《す》えた臭いと血の香りが充満する森林型の迷宮。その中で、僕は喘ぐように呼吸をしていた。

（や、ヤバい……、数が多すぎる……）

『群れた　小鬼の　王国』の中心に位置する大広間。

もはや広間というよりは、平野と表現したほうが良い広さの戦場で、僕は見渡す限りのゴブリン達と相対していた。

余裕の表情だったのは、最初のうちだけ。

戦いが進むにつれ、僕の顔はどんどん強張っていった。

一時間経ち、二時間経ち、それでもまだゴブリンの数は減らない。

前後左右、四方八方、全ての方角にゴブリンがいて、目の前で仲間が斬り殺されても平然と僕に突撃してくる。

その恐怖を知らないとしか思えない狂気じみた特攻には、僕も背筋に冷たいものを感じずにはおられず、それを振り切るようにどんどんゴブリン達に斬り込んでいった。

それが間違いだった。

気づけば僕はゴブリンの大軍のまっただ中にいて、分厚い肉の壁に引くも進むもできなくなっていたのだ。

これが、ゴブリンの命を賭《と》した策略だということに気付くのに、さほど時間はかからなかった。

なぜなら、僕がゴブリンの大軍の中で迷子になると同時に、後方に控えていたゴブリン弓兵の大規模射撃が始まったからだ。

味方のゴブリンに当たることも厭《いと》わない矢の雨は、もはや矢の壁といっても過言ではなく、僕の神速をもってしてもかわすことは不可能だった。

ゴブリン達の矢は、当たっても精々ダメージは一というところだろう。だがその一のダメージでも、まさに雨のように降り注がれては、あっという間に僕は死ぬ。

ゆえに僕は矢を切り払い続けるしかない。

そこに、全身に矢が突き刺さり針鼠《はりねずみ》と化したゴブリン達が襲いかかってくるのだ。もはや、完全にホラーだった。

言葉ではいまいちこの恐怖がわかりづらいかもしれない。だが、死を恐れない狂気の特攻がこれほど恐ろしいとは思わなかった。

もうこうなっては認めざるをえないだろう。僕はミスを犯した。

僕は心のどこかで、いや……はっきりと、傲慢になっていた。慢心していた。

僕はこの迷宮に潜る前、どんな想像をしていたか？

棒立ちになり、案山子《かかし》のように突っ立っているだけのゴブリンを千体倒すだけの、そんな作業のような幻想を抱いていなかっただろうか。

まったくもって愚かしい。救いがたい。

だから、こうして負けかけている。いや、もう負けているといってもいい。

矢の対処にほとんどの力を回さねばならず、向かってくるゴブリンを散発的に斬り殺すだけの状態。完全に主導権を向こうに握られており、このままではそう遠くないうちに僕は、精神的に限界を迎える。

そうなった時、僕はゴブリン達から袋叩きにあい、死ぬだろう。かつて、コボルト達に体を貪り喰われた時と同じ。僕は、まったく成長していなかった。

敗北だ。完全敗北。認めよう。強い。最強だ。ゴブリンは。一体一体は僕の相手にもならないが、ゴブリンという〝種〟に僕は勝てない。

まぁ、冷静になってみれば、普通に考えて、一つの種族と、一人では戦えるはずもないか。

そんなこともわからないとは……なんて愚か。

ステータスの項目に、知能がないことが悔やまれる。あれば、ボーナスを全振りするのに。

僕は思わず苦笑した。まさかこれほどのステータスで、ゴブリンに負けるとは。

もし今も僕を観測しているプレイヤーのような存在がいるならば、彼らは画面の向こうでこう思っていることだろう。この主人公、バカすぎ。まるでオモチャを手に入れたばかりの子供のようだ、と。

だが。

(敗けは敗けだが、でも殺されることまで認めるわけにはいかないね)

僕は今も降り注ぎ続ける矢を切り払いながら、脳裏でボーナスステータスを1・00、意思へと振った。

成人男性一人分の意思力が、僕の中で増加する。すると、枯渇した精神力が、少しだけ回復するのを感じた。

そのなけなしの精神力を振り絞り、僕は咆哮する。

「オォォォオッ！」

そして、矢が身体に突き刺さることも厭わずにゴブリン達に斬り込んでいく。

向かう先は、一番ゴブリンの層が厚い方向だ。

四方八方をゴブリンに囲まれ戦い続けて数時間。とうの昔に方向感覚は失われ、どちらが出口かもわからない。

ゆえに、あえて僕はその方向に斬り込んだ。

これほど頭の良いゴブリン達だ。きっと彼らなら、出口のあるほうを厚くすると予想したのだ。

人間は、苦しければ苦しいほど楽な方向に逃げる生き物だ。

ゆえに追い詰められた人間は、通常なら層の薄い方向に向かう。くしくもその先は矢の飛ぶ方向と真逆であり、進めばいずれは矢の範囲からも逃れられる。

そこに、作為《さくい》を感じた。

希望を持って、最後の力を振り絞って辿り着いた先が、もし出口とは逆だったら。その時限界が近い人間は何を思うだろうか。

……もちろん、ゴブリン達が裏の裏をかいてそちらに出口を置いているかもしれない。層が厚いのは単純にゴブリン達にとって守るものがあるからかもしれない。だが、僕はそちらに出口があることに賭けた。

矢で削られていくＨＰを《辻斬り》で引き延ばしながら進んでいく。

タイムリミットは刻一刻と迫り、焦燥感が僕を苛む。

だが、一度賭けた以上もうフォールドは許されない。レイズアップで賭け続けた代償はすでに身の丈を越えたものであり、今降りれば僕は破産する。

それがわかっているから、僕はゴブリンを斬り殺し続け、前に進む。

僕が前に進むにつれ、ゴブリン達に焦りが見えはじめた。

それは僕を勇気付けるには充分な挙動であり、僕はいっそう速く剣を振った。

そんな僕を、さらなる追い風が後押しする。

《――汝に〝一騎当千〟の称号を与えよう》

その声と同時に、僕は肉体精神ともにグンと軽くなるのを感じた。頬が勝手に緩んでいく。

まったく、運命の女神というのは憎い演出をしてくれる。

ステータスボーナスにより、僕の動きはさらに加速していく。

そして、それから数分後、僕は自分が賭けに勝ったことを確信した。

確かに見覚えのある、通路への出口。そこを出れば、この迷宮を脱出することができる。

だが、そこにはにわかには信じがたい個体が仁王立ちしていた。

通常一メートルほどの身長のゴブリンに対し、その個体は、五メートル近い。その大きさは、わかりやすく言えば、家だ。二階建ての住宅ほどの大きさの魔物が、僕の前に立ちふさがっていた。

肌も紺色のゴブリンとは異なり、金色。腕の太さは、ゴブリンのウエストほどもあり、一目であれが親玉なのだと気づいた。

（キング・ゴブリン……）

これだけのゴブリンを殺したのだ、キングが現れることは予想できていた。

小鬼たちの王が、二メートルはあるだろう大剣を構える。

そして、僕が間合いに入ると同時、そのギロチンのような大剣を振り下ろした。

「一刀——両断ッ！」

それを、僕は今出せる最大の一撃で退《しりぞ》けた。金属がぶつかり合う不快な音が、戦場中に響き渡る。

遥かに体格で劣る僕に、振り下ろしを弾かれたキングは僅かに目を見開くと、少しだけよろめき体勢を崩した。その隙を、僕は見逃さなかった。

渾身の力でジャンプして柱のような脚の間をスライディング。キングをやり過ごし、通路まで駈け抜ける。

今は、とてもじゃないがあんな大物と渡り合う余裕はなかった。

背後にキングの怒りの咆哮を受けながら、僕は駈ける。駈ける。駈ける。

こうして、僕は命からがら、迷宮を脱出したのだった。


——〝知識〟を得てからの初めての敗北。

それは、僕にこの世界の厳しさを再認識させるには充分であり、僕を心身ともに疲弊させるのにも充分だった。

今回の迷宮では、敗北と引き換えに様々なものを得られた。だが反省する前に、今はどっぷりと眠りにつきたかった。

そして明日一日エリーゼにたっぷりと身も心も癒してもらい、それから今日の反省点を考えよう。

そんな風に考え、ボロボロになりながら宿に帰還した僕を迎えたのは、さらなる逆境。

——僕以上にボロボロに踏み荒らされた宿屋と、エリーゼが奴隷に売られたという、予想だにしなかった非情な現実だった。

第九話　世界の修正力

修正力、という概念がある。

主に、タイムトラベルやタイムスリップなどのSF小説などに出てくる言葉だ。

たとえば、Aという人物が、交通事故で死んでしまうBという人物を救おうとタイムスリップをして、Bを交通事故から救えたとしても、Bは心臓麻痺などの別の要因で結局命を落としてしまう。

この、Bが死ぬという結果になるよう世界が出来事を調整する力を、修正力と呼ぶ。

僕が、ボロボロに荒らされた宿屋を見て最初に思い浮かべたのが、この言葉だった。

ゲーム中で、エリーゼというキャラクターは、とにかく不遇の人物だ。

凌辱ルートがデフォルトで、最もマシな救出された場合でも、傷ついた彼女は失語症を発症しており、常に無口無表情となる。最悪なのが、醜い富豪に買われた場合で、エンディングで場末の底辺娼館で廃人となっているエンドだ。

もはや、世界に嫌われているとしか思えない仕打ち。

だが、もしも真実〝彼女が世界に嫌われている〟としたら？

そんなことを、僕は廃屋《はいおく》の一歩手前と化した宿屋で思った。

「……………………………………ハッ」

疲れと、予想外の現実に、一瞬呆けていたようだ。

とりあえず、何が起こったのかを確認しなければ。

辺りを見回すと、滅茶苦茶に破壊されたテーブルや椅子。穴の空いた壁や床が目立つ。床にもぐちゃぐちゃに踏み荒らされた料理や割れた酒瓶が転がり、相当暴れられたのだろうことが予想できた。

いつもならこの時間はたくさんの宿泊客や常連で賑わっているのだが、現在彼らは一人もおらず、二階にも人の気配はない。

本当に、何があったというのか。

「……………………うぅ」

その時、微かにうめき声が聞こえてきた。

そちらを見ると、一目では宿屋の主人とわからぬほどに顔を腫れ上がらせた主人が、力なくへたりこんでいた。

僕は彼に歩み寄ると、ポーションを取り出し、彼の顔にぶっかけた。

それが気付け薬にもなったのだろう。彼はゆっくりと眼を開ける。

「ぅあ……？　あんた、は……」

「大丈夫ですか？　意識ははっきりしてますか？　話すことはできますか？」

僕は矢継ぎ早に問いかけるが、主人はクシャリと顔を歪め俯くと、さめざめと泣きだした。

「うぅ……エリーゼ……」

「エリーゼ？　エリーゼがどうしたんです？　彼女はどこに？」

「すまない……すまない」

……ダメだ。会話にならない。

今日一日いろいろありすぎたせいでイライラが溜まっていた僕は、舌打ちを一つすると、エリーゼの父の襟首を摑み手繰《たぐ》りよせた。

「⁉」

そこでようやく僕に気づいたような彼に、僕はゆっくりと噛んで含めるように言った。

「悪いけど、僕は、今、かなり、余裕がない。何があったのか手短に話してくれ」

「あ、あぁ……わかった」

そして彼はポツリポツリと、時々エリーゼへの詫びを口にしながら話しはじめた。

彼の話を要約すると、彼はもともと大のギャンブル好きであり、ちょくちょく闘技場に賭けをしに行っていたらしい。勝率はだいたい五分五分。だが、ギャンブルというのは控除率というものがある以上、トータルで見れば必ず負けるものであり、彼も少しずつ負けがこむようになった。

そこで、彼は金貸しに金を借りてまでギャンブルをするようになった。無論、そうは言っても趣味の範囲だ。すべてを返済することはできずとも、日々の利益で充分利子は返すことができていたらしい。

利子をしっかりと返している以上、金貸し達も無理な取り立てをすることはなく、主人も勝った日は少し金を返し、負けた日は金を少し借りる、そんなことを繰り返していた。

だが、ここのところ彼は負ける日が続き、借金が膨らみはじめた。このままでは、宿屋の収益だけでは利子を払い切れなくなるかもしれない。焦りが主人を包みはじめる。

そんな時だ。彼が颯爽《さっそう》と闘技場に現れたのは。

「…………か、彼って？」

「あ、あんたも名前くらいは聞いたことがあるだろ？　漆黒の、闇だよ……や、奴が現れたせいで、いったい何人の人間が破滅したことか……うぅ、エリーゼ……」

「…………」

最初に漆黒の闇が現れた時、彼はこれだッ！　と思ったらしい。ＬＶ3でありながら、ＬＶ20近い強者を圧倒する正体不明の新人。

この男に賭ければ、必ず勝てる。闘技場で必勝法があるとすれば、それは無敵の選手に賭け続けること。人気選手は倍率が低いが、必ず勝てるなら問題ない。彼は、その日興奮で眠りにつくことができなかった。

「俺みたいな奴はあの日山ほどいただろうよ」

「…………」

翌日、闘技場へ意気揚々と向かうと、彼は妙に金貸しの姿が多いことに気づいた。そして、すぐに漆黒の闇のことに思いいたる。みな、この必勝法に気付き、借金をしてでも漆黒の闇に賭ける気なのだ。

実のところ、金を借りているのは、借金に身を焦《こ》がしかけたギャンブル中毒と呼ばれる底辺の人種ばかりで、クレバーな人間達はそれを遠巻きに見ているだけだったのだが、残念ながら底辺に属していた主人には、会場中の人間が金貸しの前に並んでいるように見えた。

そんな光景を前に、主人の中で焦りが膨らむ。自分も早く金を借りなければと辺りを見回すが、金貸しの周りにはすでにたくさんの人間がおり、自分が入り込む余地はない。そこで、彼に声を掛けてくるものがいた。馴染みの金貸しである。数年間に渡り借りたり返したりしていた彼は、その金貸しとはすっかり顔馴染みであり、債務者債権者の間柄でありながら、時に一緒に飲みにいくことすらあった。

彼は、主人にニヤニヤと笑いながら、こう言ったらしい。

「よぉ、待ってたぜ。あんたのために、誰にも貸さずに金を取っといてやったよ」と。

「それで……幾ら借りたんだ？」

「金貨……十枚」

「金貨十枚……？」

（……意外に少ないな。いや、庶民一家族の生活費半年分以上になるんだから、高いっちゃあ高いけど。いや……まさか）

予想以上に低い額に、僕は嫌な予感がして問いかけた。

「それで、利子のほうは？」

「……ヒサンだ」

「ヒサン？」

「日に……三割。ふ、複利でだ」

「はぁ!?」

なんだそれは、暴利というレベルではない。

複利とは、元々借りた金の他に、利子自体にも利子をつけるやり方のことだ。元々借りた金だけに利子をつける単利と異なり、その利子は加速度的に増えていく。今回のヒサン……一日ごとに三割という場合であれば、金貨十枚借りた翌日には金貨十三枚の三割の利子を付けられるということだ。そしてその翌日には、約金貨十七枚の三割の利子を請求されることになる。早期に返さなければ、その先に待つのは地獄。債務者を破滅させるためだけの手法だ。

当然、普通の頭を持った人間ならそんな悪意に満ちた借金などしたりはしないのだが……。

僕の非難の視線を受けた主人は、力なくうなだれながらポツリポツリと答えた。

「い、一日で返すつもりだったんだ。漆黒の闇で金貨を倍にして金貨を三枚だけ返せばお互いいい思いができると、そう、言われて……」

「……………」

僕は主人のあまりの愚かさに天を仰いだ。

この世界は、あちらの世界に比べると、法がまだまだ未熟だ。たとえそれが論外な利息だとしても、強迫されてでもいない限り、自らの意思で金を借りて署名をした以上、法で守られるのはあちらだ。

金貨十枚という大金に対して日に三割という利子を取られたら、この安宿屋の主人にはとても返せるものではない。

主人が金を借りてからちょうど一週間。借りたその日にはもう利子を付けられ、そこから一日ごとに一・三倍で、金貨約八十一枚……。すでに場末の宿屋の主人が簡単に返せる額じゃない。

そろそろ頃合いだろうと踏んだ金貸しは、強引に取り立てを実行。エリーゼを連れていったのだった。

「……い、今思えば強いほうの漆黒の闇も弱いほうの漆黒の闇も金貸しどもの手の者だったんだろうな。お、俺達はまんまと嵌められたってわけだ」

そう悔しそうに呟く主人を見て僕は思った。

(やべぇ、全部、僕のせいだった)

なんか、もう世界の修正力とか言ってた自分が恥ずかしい。

結局全部自分の行いのせいだった、というわけだ。

そして、もし世界の修正力というものがあったとしても、よくよく考えればエリーゼに確定していたイベントは、〝奴隷になること〟ではなく〝暴漢達に凌辱されること〟だ。暴漢達に攫《さら》われて、一週間以内に主人公が彼女を見つけ出せば奴隷にならない道もあるのである。

そして、金貸し達が彼女を凌辱するということは、まずない。なぜなら、処女と非処女ではその値段に雲泥の差が出るからだ。

金が最も重要である金貸しが、わざわざ商品を傷物にすることはないのだ。

つまり、世界の修正力だなんだというのは、すべて僕の妄想だったというわけだ。

僕は内心で苦笑すると、主人に向かって言った。

「それで？」

「え？」

「その金貸し達の居場所は？」

「な、なぜそんなことを聞くんだ？」

「いいから教えろよ」

「む、無駄だ。あんたじゃエリーゼを取り返すことはできない」

「そんなことを聞いてるんじゃない。僕は、そいつらの居場所を聞いているんだ」

主人は、僕を理解できないものを見る眼で見た後、悔しげに顔を歪め、金貸しの居場所を告げた。

それを聞くと、僕は二階へと行き、荷物を纏めた。幸い、荒らされたのは食堂だけのようで僕の私物は荒らされていなかった。まぁ、最も重要なものは宿には置いていなかったのだが。

そして、荷造りが終わるなり宿屋を出ていった。

もう、二度とこの宿屋に戻るつもりはなかった。


金貸しの拠点は、スラムと街の境界線とも言える場所にあった。白とも黒とも言えない彼らの性質をよく表した拠点と言える。

一見、高級宿屋にも見えるそこには、退屈そうに欠伸《あくび》をする娼婦や暗い表情をしたまだ少女とも言える娼婦、それにぼうっと突っ立っているだけの門番がいた。

門番は僕に気づくと、億劫そうに問いかけた。

「客か？」

「うん」

「なら明日にしな。頭《かしら》は今重要な商談に行ってるよ」

「重要な商談？」

「さぁ？　詳しくは俺も知らねぇよ」

欠伸まじりに答える門番に、僕は内心眉を顰《ひそ》めた。それが、一番知りたいのだ。

「ふぅん、知ってる人は？」

この言葉には、さすがに門番も疑問を抱かずにはいられなかったのか、僕にすごむ。

「はぁ？　なんでてめぇにそんなこと言わなきゃいけねぇんだよ」

そんな門番に、僕はうっすら微笑むと、ゆっくりと腰に手を伸ばす。

徐々に腰に手を伸ばす僕を見て門番は眼を見開き自分の腰の剣に手をかけるが……。

僕は、腰の小銭入れから銀貨を二枚取り出すと言った。

「まぁそんなこと言わずに、さ」

剣ではなく銀貨を取り出した僕に、門番は拍子抜けしたように息をつくと、ニヤリと頬を緩ませた。

「脅《おど》かすんじゃねぇよ。でも、そうだな。もう一枚くらい銀貨を拾ったら、独り言が増えるかもな」

「おっと手が滑った」

そう言い、彼にさらに二枚銀貨を渡す。すると彼はさらに笑みを深め、小声で独り言をしゃべりはじめる。

「……頭はいま奴隷市場だ。今日、前々から狙ってた上玉を仕入れてな。それを売り払いに行った」

「ふんふん、ちなみに上玉の名前は？」

銀貨を一枚渡す。

「あ、あー、たしか……アリーゼ？　いやエリーナ？　まぁそんな感じ。……他に聞きたいことは？」

ついには催促すら口にしだした門番に、僕は苦笑しながら一気に銀貨を三枚渡す。

「奴隷商の名前と……あとは僕のことをすっかり忘れられるくらいの酒代、かな」

「へへ、安心しろ。覚えるのは苦手だが、忘れるのは大の得意だよ」

そんな門番の言葉に、だろうな、と苦笑しながら先を促す。

「奴隷商の名前は、ピグドー。奴隷商のピグドーっつったらこの辺ではちょっと有名だぜ」

「そう、ピグドー、ね。ありがとう」

「おう。……また来いよ」

門番にあるまじきことを言う彼にもう一度苦笑しながら手を振り、僕は奴隷商の許へと向かったのだった。

私は呪われている。

最近、エリーゼはそう思わずにはいられなかった。

一の幸せが来ると、すぐに十の不幸が襲ってくる。十一の幸せが十の不幸を押し流したかと思うと、次は百の不幸が振りかかる。

その後に百一の幸せが来るならば何の問題もない。だが次の幸せが来ることは、ない。

(どうしてこうなるんだろう……)

肌が透けるような扇情的な服を身に纏い、小鳥のように鉄の柵に閉じ込められながら、エリーゼはそう思わずにはいられなかった。

つい先ほど、ほんの数時間前までエリーゼは幸せの絶頂だった。

生まれて初めての恋を全力で謳歌《おうか》していた。

彼の姿を見るだけで胸が高鳴り、彼と言葉をかわすだけで多幸感に包まれた。

そして、明日はいよいよその愛しい彼の腕にその身を預ける予定だった。

きっと、最高の、忘れられない初体験になっただろう。

だが、もうそれも夢のまた夢だ。

自分が、まともな人間と初体験を迎えることは、まずない。

先ほど、この世の者とは思えぬほど醜く肥え太った中年の男がエリーゼを見にきた。

その男は、何かのスキルを持っているのでは？　と邪推をしてしまうほど不快で、虫酸《むしず》の走る視線でエリーゼを視姦したあと、商人に値段を聞いていった。

幸い、値段を聞いた男は悔しげに歯噛みして引き下がっていったが、それは同時にエリーゼから希望を奪い去るには十分だった。

なぜなら、エリーゼにつけられた値段は、十年は遊んで暮らせるほどの額であり、それはケインが自分を迎えに来てくれるという希望がまったくないということだからだ。

仮に、今この場に彼が現れたとしても、彼は自分を買うことなどできない。

ならば彼にはここには来ないでほしい、とエリーゼはそう思った。

こんな惨めな自分を、これから他人に買われていくような女を、彼の目にはけっして、心の底から見られたくなかった。

だというのに。

「へぇ、この娘《こ》美人だね」

ああ……。

「はい、お眼が高い。この娘は今日仕入れたばかりの娘でして。閨《ねや》の技術も持っていませんが、生《き》娘《むすめ》であることは保証します」

彼が奴隷商と会話をしている。その姿を見て、エリーゼは涙を流さずにはいられなかった。

彼が目の前に現れたなら、悲しくなるはずだった。惨めになるはずだった。だが、こうして彼を目の前にすると、エリーゼの心に満ちるのは一つの感情だけ——

（ケイン……くん！）

喜びしか存在しなかった。

だが、そんな喜びも、長くは続かない。

「へぇ、生娘か。それはすばらしい。それで、値段は？」

「はい、本来金貨百八十のところ、旦那がお得意様になられますよう、という気持ちをこめて金貨百六十枚に勉強させていただきます」

彼が、自分の値段を知ってしまったから。

絶望が、エリーゼの心を蝕《むしば》んでいく。

「金貨百六十枚だって……？」

そんな彼の言葉にエリーゼはうつむく。自分を諦める時の彼の顔を見たくはなかった。

「それはずいぶん勉強したな。金貨二百枚くらいだと思った」

「…………………………………え？」

一瞬彼の言葉が理解できず、彼の顔を仰ぎ見る。そこには、諦めの表情ではなく、いつもの涼しい表情を浮かべたケインの姿があった。

「さ、さようでございますか？　え、えぇ、おっしゃるとおり、私どもはお客様に少しでもお安く良い商品を提供せんと寝食を削って勉強させていただいておりまして……」

「そうか。それはすばらしい。商人の鑑《かがみ》だな。……とはいえ、金貨百六十枚はさすがに持ち歩いてはいないな。また明日、金貨を持ってここに来るとしよう。それまで、決して他の者に売ったりするなよ」

「はい、お待ちしております。もうこれは予約済みということで裏へ下げますので」

ペコペコと頭を下げる商人を無視しケインはエリーゼへと歩みよってくる。

そして、エリーゼの頬に手を当てて優しく微笑む。

「明日、……明日までに必ず金は用意するよ。そしたら、君は明日から僕の物だ」

「……！　……！」

ケインのその言葉に、エリーゼはコクコクと何度も頷いた。

そして、ケインは商人と二言三言言葉をかわし、金貨を数枚渡すと去っていった。

ケインが立ち去ったあと、エリーゼは幾度となく彼の言葉を反芻した。

頭の片隅で冷静な部分が言う。期待するなと。一日で金貨百六十枚も稼ぐのは無理だと。冷静に考えてみろ、平凡な、ただの安宿屋の娘にどこの誰が金貨百六十枚も出すのだ。

エリーゼもそう思う。これは、自分を慰めるための彼の優しい嘘なのだと。この約束さえあれば、エリーゼはこれを支えに生きていける。

仮に、明日ケインが迎えに来なくても、それは来なかったのではなく、何らかの事情で来られなかったのだと希望を持てる。

いつか彼が迎えに来てくれるかもしれないと、希望を持つことができる。

それだけでエリーゼは十分だった。

でもなぜかエリーゼは彼を待っていた。

あれは嘘だとわかっているのに、待っていた。

一睡もせずに、一晩中彼が去っていったほうを見続けた。

頭の片隅で、理性が警鐘を鳴らし続ける一方、本能もまたエリーゼに囁き続けるのだ。

彼は普通じゃない。それはお前もわかっているだろう？　だから、普通じゃないことが起こるかもしれない。そうしたら、お前はどうする？

(どうなるんだろう……)

ぼんやりと思う。

彼が明日、なに食わぬ顔で金貨百六十枚を手に自分を買いにきたら。自分が法の下《もと》、正式に彼の所有物と認められたら。

(きっとおかしくなる)

今でさえ、これほど好きなのだ。異常の一歩手前なくらい彼に夢中なのだ。

なのに、ここからさらに背中を押されたら、墜ちてしまう。確実に、自分は境界線を踏み越える。

そんな、確信があった。

だから。

次の日、ケインが涼しい顔で金貨片手に現れた時。

エリーゼは、墜ちた。

深い深い情愛の谷底へと、墜ちていくのだった。

《――――汝に〝5;d8gt@;〟の加護を与えよう》

第十話　性奴エリーゼ

　無事、エリーゼを奴隷市場で見つけ出した僕は、いったん帰ることにした。

　もちろん、あの場でエリーゼを買うことはできた。漆黒の闇で稼いだ金が金貨百二十枚。その後、偽の漆黒の闇の際レリアーナに賭けて勝った金が金貨八十枚以上。そのうちいくらかは装備や娯楽に使ったが、それでも百八十枚近い金貨がある。

　金貨六十枚だったはずのエリーゼの値段が金貨百六十枚になっていたのには驚いたが、考えてみれば六十枚時点のエリーゼは、百人以上の男に一週間ぶっ通しで犯され続け、心が壊れた本当の意味の傷物だ。ただの非処女状態ならその美貌から見ても金貨百枚でもおかしくない。それが処女ならば、十分百五十枚以上になるだろう。

　だから、金貨百六十枚はいい。納得できる。だが、それをポンとその場で出すことはできない。

　何故なら、明らかに不自然だからだ。

　考えてもみてほしい。田舎から上京してきたばかりの若造が、金貨百六十枚払えと言われて、その場で一括キャッシュで払う光景を。

　コイツ、何者だ、と誰もが思う。僕だって思う。

　ゆえに、僕は一日の猶予を作った。

　もちろん、たった一日では不自然なことに変わりない。だが、一日あれば言い訳の幅が広がる。

そしてもう、僕はエリーゼに対する言い訳を考えていた。

『祖母の形見を売り払ったんだ』と。

無論、そんな物はない。いや祖母の形見はあるが、そんな高級な物はない。

だが、僕が一晩で稼いできた、などと告げるよりは、このほうがよっぽど信憑《しんぴょう》性があるだろう。

僕が闘技場に出て再び荒稼ぎする手もあったが、そんなことをすればもしかしたらいるかもしれない同類に存在がバレるし、そうじゃなくても僕が漆黒の闇とバレるかもしれない。

漆黒の闇として金を稼いだ場合も同様だ。再び漆黒の闇が現れて荒稼ぎし、翌日僕が奴隷市場でそんな大金を使ったら、それを結びつける存在が必ず現れる。

ゆえに、それらの手は使えない。

そもそも、金はあるのだから、そんなリスクを負うこともないだろう。

ゆえに僕は、新しい宿を――しかも今までよりも数段ランクが上であり、個室ごとに小さいが風呂とトイレまでついた宿を――一月金貨五枚で長期契約すると、ゆっくりと風呂に入り疲れを癒し眠りについた。

そして、うっかり寝過ごして夕方まで爆睡し、慌ててエリーゼを迎えに行くのだった。


「ここが、今日から僕達が暮らす新しい宿だよ」

「…………………」

そう言って、エリーゼに新しい宿を紹介するが、彼女はぽうっと顔を赤らめて僕を見つめるだけだった。

「前の宿、エリーゼの家でも良かったんだけど、もう宿として営業できそうになかったからね」

何より、親父がいるところで彼女とのセックスは、やりにくいというレベルではないだろう。

「………………………………」

「……やっぱり、前のところのほうが良かった？」

この質問に、エリーゼは首を振り答える。話を聞いていないわけでも無視をしているわけでもないようだ。

だが、ならばなぜ彼女は何も話さないのだろう。まさかゲームのシナリオにあったように失語症になったわけでもあるまいし。

「そう、なら良かった。あぁ、でもこっちの宿は風呂がついてるんだ。後で一緒に入ろうか」

あんまりにも反応がないのでついそうからかってしまう。

さすがに少しは恥じらうかな？　とエリーゼを見ると、彼女はあっさりと頷いた。

「ご主人様が望むなら……」

そう言って微笑む彼女に、僕は一瞬見惚れ……。

「ご、ご主人様？」

「はい、私はもうご主人様の所有物ですから」

うっとりと、いやむしろ恍惚《こうこつ》としたようにそう呟き、ぶるっと体を震わすエリーゼに一瞬呆気に取られる。

「そ、そう。いや、でも普段はご主人様じゃなくてもいいや。敬語も……」

エッチの際中はご主人様とか言われるのもいいかもしれないが、さすがに普段から自分がそう呼ばれるとなると──極一般的な庶民の家庭で生まれ育った僕には──違和感があった。

「ケインくんがそう望むなら……」

そう言って微笑むエリーゼに、また僕は見惚れてしまう。

（う……やっぱりおかしい。さっきから妙にエリーゼが可愛く見える）

これからセックスするからだろうか。

心なしかいつもの数割増しで髪が輝いているし、肌も艶々している気がする。ちょっとキツめと思っていた瞳も、ほんの少し垂れ下がり、柔らかい印象を与える。心持ち薄かった唇も、やや厚みを増し、ぷるんとしていて、思わず吸い付きたくなった。

……………………明らかに、数日前と外見が変わっていた。というか、昨日より明らかに綺麗になっている。

女の子は恋をすると綺麗になるって本当だったんだなぁ……………ってレベルじゃなかった。

「ちょ、ちょっと、手を出して」

エリーゼの手を取り、まじまじと見つめる。

安宿屋の娘であるエリーゼの手は、家業の手伝いによりけっこう荒れていた。農家の娘が、豆でゴツゴツした手をしているのと同様、それは欠点ではなく働き者の証だ。

しかし、今エリーゼの手は、貴族の令嬢もかくやという具合に、しわの一本もなかった。

白く、ほっそりとした長く綺麗な指。まさに白魚《しらうお》のような指という奴だ。某漫画の殺人鬼なら確実にコレクションにしたことだろう。

「……この指、奴隷商が何か薬でも塗った？」

「え？」

きょとんとするエリーゼ。そこで初めて自分の指に気づいたのか、目を丸くしている。

奴隷商でもないようだ。ということは、エリーゼが気付かない間に、エリーゼは変わった……いや、変えられた可能性がある。

改めて、エリーゼを隅から隅まで観察する。

今、エリーゼはうっすらと透ける扇情的な服を纏っているので、体の線がはっきりとわかった。

それを、一週間前に見たエリーゼと比べると、はっきりと違いが見えてきた。

まず、胸が一ランクサイズアップし、なおかつより美乳となっている。ウエストは、胸に肉が移ったかのように細くなり、尻もキュッと持ち上がり美尻となっている。

脚もほっそり、スラッとし、O脚やがに股とは無縁の美脚だ。

肌もシミ一つ見つからず、ほくろすら見つからない。まるで生まれたばかりの赤子のようだ。

……別人。とまでは言わない。だが、一週間前のエリーゼと比べれば、姉妹ぐらいの違いがあった。

もちろん、ブスになったわけじゃない。むしろ、より僕の理想に近づいたといっていい。

だが、この明らかな変化を、やったーと手放しで喜ぶことはできなかった。

（奴隷商じゃあない……、短時間で人間をここまで変えるのは不可能だ。かといって、恋がエリーゼを変えたというのはもっとありえない。なら……）

僕はエリーゼのステータスカードを取り出す。奴隷はステータスカードを持つことも許されないので、主人である僕が預かっていたのだ。

人間をこうまで劇的に変えるものがあるとしたら、それは一つしかない。スキルだ。だが、僕が知る限り、〝美容〟に関するスキルなど存在しない。もしそんなものが存在するというならば、それは〝攻略サイト〟の情報に穴があるということに他ならなかった。

焦燥感が僕を苛む。

そしてエリーゼのステータスを隈《くま》無く見ていくと……。

【〝5;d8gt@.〟の加護】：貴女《あなた》は愛する人の望むままに……。

（何だ……これは）

加護？　なんだ、それは。そんなもの、攻略サイトには載っていなかった。それに、なんだ？

この文字化けしたような文字は。

謎。謎。謎。わからないことだらけだ。

この加護というのは何なのか。〝5;d8gt@.〟というのは何を意味しているのか。〝の加護〟と続くということは精霊か何かの名前なのか。なぜエリーゼがこんなものを取得しているのか。

その手がかりの一つでも摑もうと、〝5;d8gt@:〟の加護の詳細を開こうとすると――。

《見るなッッッ！！！》

「うわぁぁぁぁぁあッッッ!?」

僕は思わずエリーゼのステータスカードを放り投げ、尻餅をつき後退《あとずさ》った。

「ケインくん!?」

エリーゼが駆けよってくるが、僕はステータスカードから眼を離すことができなかった。

な、何だ!? 今の声はッ！ 降ってきたぞ……〝称号〟を与える声と同じように、空から堕ちてきた。

ただ違うのは、いつも称号を与えてくれる声は、男のものなのに対し、今のは女のものだったことだ。

「ハァーッ……ハァーッ……ハァーッ……」

恐怖のせいだろうか、息が荒くなる。それでもゆっくりと立ち上がり、ステータスカードに近づく。そして、恐る恐るカードに触れる。……だが、声は堕ちてこない。

「……………………」

「ケイン……くん？」

エリーゼが心配そうにこちらを見つめてくる。僕は、そんな彼女をしばらく見つめた後、問いかけた。

「加護、という言葉に聞き覚えは？」

「加護……？　ごめん、わからない……」

申し訳なさそうにそう言う彼女に、嘘をついている気配はない。

僕は自分を落ち着かせるように深呼吸をした。

「ごめん、取り乱した」

「ううん……」

ベッドに腰かけると、彼女について想いを馳せる。

一夜にして、いやおそらくこの数時間の間にさらに美しく変貌したエリーゼ。〝5;d8gt@.〟の加護の説明文にあった、「貴女は愛する人の望むままに……」という言葉。エリーゼの変化後の姿は、彼女がより僕の理想に近づいた姿だった。

それの意味するところは……。

(エリーゼの身体を僕の好みに作り変える力……)

バカな、ありえない。なら、そのスキルは僕のステータスカードに書かれているはずだ。

いや……。

(自分の身体を好きな人の好みに作り変える能力なのか？)

これなら、一応本人の利益にかなっている。だとするなら。

(なんというヤンデレ専用の能力……)

まぁ、さすがにこれはないだろう。もしそんな能力だとしたら、エリーゼは〝5;d8gt@:〟とやらがそんな能力を授けてしまう位のヤンデレだということになる。

だが、彼女は、不幸属性はあってもヤンデレではない。

(これ以上考えても無駄か……)

いろいろと気になることはあるが、今考えても答えは出ないだろう。

それよりも、今はもっと気になることがあった。

そう、来《きた》る脱童貞の時だ。

エリーゼに眼を向けると、彼女は微妙に所在なさげに立っている。

まぁ奴隷として買われたと思ったら、じろじろ見られたり、ステータスカードを見て奇声を上げられたりしたんだ、そりゃあ居心地も悪くなるだろう。というか、僕いま完全に変人じゃね？

正直。もうセックスをするような雰囲気じゃないが、僕は我慢ならなかった。

多少強引にでも、セックスがしたい。たとえ嫌われたとしても、もうエリーゼは逃げられないのだ。気にすることはない。

そう僕は覚悟を決め、彼女へと声を掛けた。

「エリーゼ」

物事、というのは最初が肝心だ。僕は、意図的に低い声を出すと、無表情で彼女を見つめる。

「う、うん」

「こうして、僕の奴隷となった以上、最初に言っておきたいことがある」

「……うん」

うつむくエリーゼ。

「まず、僕は君のことをこれから奴隷として扱う。抱きたい時に抱かせてもらう。君にプライバシーはないし、食事から排泄まですべて僕の監視下だ」

「ぅあ……」

今までと明らかに違う僕の態度に、エリーゼは恐怖にだろう、身体をぷるぷると震わせる。

「僕の奴隷でいる間、エリーゼには一つのルールを守ってもらう。たった一つのシンプルなルールだ。僕の命令には絶対服従……できなかった時には罰を与えさせてもらう」

「ば、罰？」

震える声で彼女が問う。

「そう、罰だ。内容については、まぁ一生知ることがないことを祈るよ」

実際はまだ決めてないだけなんだけどね。

「それじゃあ最初の命令だ」

静かな室内に、彼女が唾を呑み込む音が響く。

「服を脱げ。そして隠すことなくその身体を隅々まで僕に見せろ」

「………………はい……」

僕の命令に彼女は静かに頷き、パサリとその服の体裁をなしていない布を床に落とした。

一糸《いっし》纏わぬ姿となったエリーゼの身体を、僕は童貞の好奇心をもって余すところなく観察した。

おっぱいは小玉のメロンほどもあり、身じろぎするたびにふるふると揺れて非常に柔らかそうだった。肢体には余計な脂肪は一切ついておらず、それでいて抱き心地がよさそうなシルエットは保っている。

視線を徐々に下げていくと、本来なら最も隠されているべき秘所が見えてくる。

毛が一本もない、子供のような秘部。僕が毛のないほうが好きなせいでパイパンになったのか、もとからだったのかはわからないが、無毛のそこからはうっすらと光る筋が太ももに垂れていた。

視線に気づいたエリーゼが、恥ずかしそうにもじもじと太ももを擦り合わせる姿がまた愛らしい。

そんな恥じらうエリーゼの姿に、僕はだんだんとエンジンがかかってくるのを感じた。

「僕の前に立って、大きく脚を開いて」

「……はい」

エリーゼは従順に僕の命令に従うと、大きく脚を開き、その慎ましやかな性器を僕に見せつけた。

ベッドに腰かけている僕の目線からは、真っ正面に彼女の秘部が位置しており、それはすさまじくイヤらしい光景だった。

僕は生唾を一つ呑み込み、ゆっくりと彼女の秘部を指で開く。すると、ツーッと溢れ出た愛液が指を伝った。

僕は、まじまじとエリーゼの秘部を観察する。女のオマ○コを見たのは初めてだったが、何というかこう、無性に興奮する。ましてや僕が見ているのは極上の美貌を持った処女のアソコなのだ。

そう考えただけで、僕の逸物が痛いほど張りつめていくのがわかった。

しばし夢中で観察したのだが、ふとどれがどの部分なんだろうという疑問が僕の頭を過った。

クリ○リスとかそういう名称は知っていても、それが具体的にどの部分を指すのか僕にはわからなかったのだ。

女の人はおしっこを男のようにち○ぽから出すわけじゃないというのはもちろん知っていたが、じゃあこの割れ目のどこから出すんだよ、というのは、僕の長年の疑問でもあった。

とろとろと愛液を垂れ流すエリーゼのアソコを見ながら悩んでいた僕だったが、そこでふと閃《ひらめ》いた。

(そうだ、エリーゼに説明させればいいんだ)

「エリーゼ、どれがなんて名前なのか説明してよ」

「…………え?」

僕の凝視に、眼を瞑って顔を耳まで赤くしながら耐えていたエリーゼだったが、これにはさすがに驚いたようだった。

「はやく。自分の身体なんだからわかるだろ?」

「そんな……」

さすがに自分の秘部を解説するのは恥ずかしすぎるのか、エリーゼは泣きだしそうに顔を歪める。

そんな彼女に僕は意地悪な笑みを浮かべながら言った。

「命令ね」

「…………はい」

僕が命令すると、エリーゼはおずおずと自分の股間を指差した。

「あ、あの……」

「うん」

「こ、この先端のちょっと、尖ってるところが……わ、わかりますか？」

「これ？」

「あっ！」

ちょん、とその豆のような突起をつつくと、エリーゼはビクッと腰を引いた。その敏感な反応に驚きながらも、命令する。

「ほら、腰を引かない」

「は、はい。ごめんなさい」

エリーゼは大人しくまた腰を見せつけるようにする。

「で？」

「あの……これが、く、クリ○リスです」

「へぇ……」

これがクリ○リス……ただただ快楽を得るためだけの器官か。

僕がマジマジと小さな豆を凝視していると、エリーゼは心底恥ずかしそうに身体を捩《よじ》った。

「そ、それで、これが……その、おしっこ……の、穴です……」

そう言って彼女が指差す先を見るも、皺《しわ》などに隠れてどれがそうなのかさっぱりわからなかった。

おしっこを実際にさせてみればわかると思うが、さすがに初回でそれはレベルが高すぎる。また今度見せてもらうとしよう。

「そして……おしっこの穴の下が、……お、おマ○コの穴、です」

「ああ。これはわかる。さっきからだらだらと汁を垂らしてるやつだろ？」

「いやぁ……」

この意地悪な言葉には、エリーゼも羞恥の限界だったようで、ついに立っていられなくなりうずくまってしまった。

おマ○コの解説は良くて、愛液の指摘が限界な理由はちょっとわからないが、彼女的にはそれが一番恥ずかしかったらしい。

だが、まだ僕は満足してはいないのだ。僕はエリーゼに命令を下すと再び同じポーズを取らせた。

「うぅ……」

泣きそうな顔で、けれどずっと愛液を垂れ流し続けるおマ○コを開くエリーゼ。

そんな彼女に、僕は先ほどの続きを問いかける。

「それで？　なんでエリーゼのオマ○コはずっとこのエッチな汁を垂れ流し続けているんだ？」

「そ、それは……」

「それは？」

「こ、興奮……してるから、です……あぁっ」

クリ○リスを指で突然触られ、甲高い声をあげるエリーゼ。だが、今度は腰を引いたりはしなかった。

そんな彼女を内心誉めながら、クリ〇リスをクリクリと弄《いじ》る。

「興奮？　なんで興奮なんかしてんの？」

「そ、それはぁ……くぁっ、はだ、裸……でっ、ご主人さまの……ううっ」

よほどクリ〇リスが敏感なのか、エリーゼはガクガクと脚を震わせながら必死に答えている。

唇からヨダレを垂らし、視線をあらぬ方向に泳がせている様から、エリーゼを襲っている快楽の大きさが一目で見て取れた。

「裸？　裸だとなんで興奮するんだよ。恥ずかしいだけだろ」

「それは……それはぁ、くぅっ、は、恥ずかし、い、のが………んんんっ」

もはやエリーゼから溢れ出た愛液は、脚を伝い床に小さな水溜まりを作るほどであり、僕の服の袖も半ばまで変色しているほどだった。

もうすぐ、エリーゼのわかりやすい絶頂が見られるかもしれない。

僕は痛いほど股関を硬くしながら、エリーゼへとラストスパートをかける。

「恥ずかしいのが？」

「は、恥ずかしいのがぁ……！　興奮！　するんです！」

「ハハハハッ、とんだ変態だなッ」

半ば逆切れするようにそう吠えたエリーゼに、僕は指の動きを加速させる。

クリ〇リスの皮を剝き出しにし、愛液の滑りを借りて高速でしごいてやると、エリーゼは全身を震わせて仰《の》け反《ぞ》った。

「ああああッ！　もうッ、だめぇっ！！！」

プシッ、と愛液なのかおしっこなのかよくわからない透明な液体をオマ○コから吹き出すと、エリーゼは脚に力が入らなくなったのかへたり込んだ。

「はぁ……はぁ……はぁ……はぁ」

ぼうっとした瞳で、息も荒く僕の脚にすがりつくエリーゼ。そんな彼女の頭を撫でながら、僕は言った。

「はい、よくできました」

「……ぁ、ケイン……くん」

うっとり、とこちらを見上げるエリーゼの口調は、普段のものに戻っている。どうやら、〝プレイ〟の時だけ口調が変わるようだ。

僕も、〝プレイ〟の際中はご主人さまと呼ばれ、敬語を使われたほうがやりやすかった。

「ねぇ、今度は僕を気持ちよくしてよ」

「……うん」

エリーゼはとろんと蕩《とろ》けた瞳で頷くと、ゆっくりと僕のズボンを脱がしはじめるのだった。

第十一話　肉欲に溺れ

「……すごい」

ボロンとズボンから現れた僕の逸物を見て、エリーゼは感嘆したように呟いた。

実は、僕はち○ぽのデカさには自信があった。その長さはこの国の男の平均を遥かに超え、太さもあり、雁首も立派で、右にも左にも曲がっておらず、反りと固さも十分だった。

もしこの国で美男子コンテストというものがあったとしても僕が優勝することはないが、美ち○ぽコンテストというものがあったら僕が一位だろう。

エリーゼは、僕のち○ぽを前にして数秒うっとりとしていたが、やがてスンスンと鼻を鳴らし僕のち○ぽを嗅ぎはじめた。

それも、嫌なものをついつい嗅いでしまうといった感じではなく、犬が他の犬のマーキングの匂いを嗅ぐような、そんな感じだ。

床に四つん這いになってち○ぽの匂いを夢中になって嗅ぐエリーゼはどこか動物的であり、淫らで愛らしかった。

やがてエリーゼは僕の匂いを覚えたのか嗅ぐのを止め、いとおしげに僕のち○ぽに口づけをした。

エリーゼの瑞々しく柔らかい唇に口づけされるたび、そこからほのかな快感が走った。

チュッチュッチュッチュッチュッとキスの雨を降らせていくエリーゼを見て、僕はそういえばまだキスもしていないことに気づいた。

まぁいいか。そもそも、奴隷とキスするのは変だ。キスとは親愛の情を示すための行為であり、性行為ではない……と僕は思っている。

なら別に、キスはしなくてもいいだろう。

一通りキスして満足したのか、エリーゼはその蠱惑的な唇をゆっくりと開き、僕の亀頭をくわえた。

ねっとりとした感触が敏感な部位を包み、僕は声を出しそうになるのを必死に堪える。男の喘ぎ声など、百害あって一利なし。

エリーゼはその柔らかい唇で僕の亀頭をはむはむとしてみたり、舌でなめ回したりと、僕を気持ちよくするというよりは自らの好奇心を満たすように少しずつ僕のち○ぽを探っていく。

それは性技としては稚拙なものだったが、童貞の僕はそれでも充分満足できた。

ふと、エリーゼに目をやると、その豊かな乳房が頭の動きに合わせて重たげに揺れている。僕は無意識にエリーゼのおっぱいに手を伸ばしていた。

(うわぁ……すっごい)

初めて触る女のおっぱいは、とにかく柔らかかった。

力を入れればどこまでも指が沈んでいったし、戻る時は弾力を持って元の形に戻る。肌は手のひらに吸い付くような感触であり、そのくせシルクのように滑《なめ》らかだった。

いつまでも触っていたくなるような理想的なおっぱいで、これをいつでも好きな時に揉めるということに、僕は無性に興奮してくるのを感じた。

しばし、予想以上に重量感のあるおっぱいをたぷたぷと弄んでみたり、乳首をクリクリとしてみてエリーゼの反応を確かめていると、彼女の動きが徐々に変わってきた。

今まで好奇心に任せてち○ぽを把握するような感じだったのが、僕の感じるところを的確に刺激するようになったのだ。

鈴口をチロチロと舐めたり、裏筋に舌を這わせたり。性感帯をピンポイントで刺激するその技に、僕は一気に限界が近づいてきた。

「くっ……エリーゼ、そろそろイキそうだ」

その言葉に、エリーゼの動きはさらに加速する。それに僕は耐えきれず、エリーゼの口へとそのまま射精した。

ドクッドクッ、と僕の精子がエリーゼの咥内へと注がれていく。

僕が一回に射精する精子の量は、ち○ぽの大きさに比例するように、常人のそれよりはるかに多い。なおかつ一日十回以上の射精が可能だった。

村にいたころは、この人間離れした精力がコンプレックスだったが、今はさほどでもない。どこまでこの世界とあのゲームがシンクロしているかまだはっきりしない点も多いが、僕＝エロゲ主人公であるなら、これぐらいはむしろ当然だからだ。

そんな僕が放った大量のザーメンを、エリーゼは口からこぼさないように細心の注意を払いながら、すべて受け止める。そして、味わうようにゆっくりと飲み干すと、僕に向かって微笑んだ。

「……どう、だったかな？　初めてだったからうまくできなかったかも……」

「いや、すごく良かったよ。これからは毎日してくれ」

「うん……」

頭を撫でながらそう言うと、エリーゼはこくりと頷いた。

……さて、そろそろお互い頃合いだろう。

僕はエリーゼを抱き上げると、ベッドへと移動し——彼女の脚を大きく開いた。

フェ○チオの間も興奮し続けていたのか、彼女の秘部は未だ愛撫の必要がないほど潤っていた。

「挿入《い》れるね」

そう言うと、僕はペニスを彼女の膣口に当てた。初めての時はうまく挿入できないと村の男達からは聞いていたが、まるでち○ぽがセンサーになったかのようにその場所を探り当てることができた。

膣口にわずかに亀頭がめり込むのを把握すると、僕は一気に腰を突き出した。

途中、ぷつりという感触を感じながら、しかしスムーズに彼女のコリコリとした子宮口まで到達した。

「うぁぁっ」

エリーゼが、小さく呻く。同時に、彼女が純潔だった証がつーと流れてきた。

「痛い？」

「大丈夫……」

微かに顔を歪めるエリーゼには、それほど苦痛の色は見られない。だがそれでも僕はすぐに動いたりせず、繋がったまま彼女を愛撫した。

乳房を揉みしだき、赤子のように乳首に吸い付く。敏感な突起をぐりぐりと指で押し潰すと、エリーゼはびくびくと腰を震わせた。

そんな風に数分彼女の敏感な部分を弄っていると、エリーゼの様子が次第に変わってきた。

「……うぁ……ぁ……んんっ……ぁ……はぁっ…」

そんな吐息とも喘ぎとも取れる艶やかな声を漏らし、もどかしげに身体をくねらせる。

そーっと指で脇腹をなぞると、そこも性感帯なのか、びくびくと痙攣した。

……エリーゼが敏感な体質であったとしても、早すぎるち○ぽへの適応。それに、僕は内心ほくそ笑んだ。

(これがマジカルち○ぽの力か……)

マジカルち○ぽ。それはエロゲ主人公が標準装備している、夜の宝具である。

最低ランクのマジカルち○ぽであっても、初体験で処女をイカせることができる程度の能力を有し、一日に十回以上の射精を毎日することができる。一度に出す精子の量は、ともすれば子宮から溢れるほどで、それはとあるエロゲのヒロイン曰く「に、妊娠確実ぅぅっ！」という代物らしい。

また、一度オマ○コに入れれば、蟻の触覚にも似たセンサーの役割を果たし、的確に相手の性感帯を把握しそこを突くことができる。

上位のマジカルち○ぽとなると、処女喪失の痛みで絶頂させることも可能であり、一突きでポルチオ性感帯を開発し、そのザーメンはそこらの媚薬では太刀打ちできない興奮作用と依存性を持つ。

もはや、ち○ぽというよりは快楽という概念がち○ぽの形を取っている代物であり、このち○ぽで責められたヒロインは、たとえ親の敵《かたき》だろうと「オマ○コから恋しちゃうぅぅぅ！」らしい。

そして僕、アルケインもそのエロゲ主人公の端くれであるなら、必然的にこの身にマジカルち○ぽの神秘のパワーを宿しているということになる。

実際、ゲーム内の僕は、そのち○ぽによって数多の奴隷を調教しては奴隷市で売ることで、ゲームをプレイするのに必要な資金を稼ぐことができる。

正直、攻略サイトを見ていた時は半信半疑だったが、こうして初セックスしてみると実感せざるをえない。

僕のち○ぽはマジカルち○ぽなのだと。

「んぁあっ……あぁ……身体が……んんっ、お、おかしく……！　ぅぅぅっ！」

なぜならこうしてち○ぽを挿入しているだけでも、エリーゼはだらしなく涎《よだれ》を垂らし、悶絶しているのだから。

もはや完全に破瓜《はか》の痛みなど消え失せたようなエリーゼを見て、僕は頃合いだろうと、ゆっくりと慎重に腰を動かしはじめた。

ただ普通に腰を前後するのではなく、エリーゼの反応を窺いながら、性感帯を探り当てていく。

初めてのセックスだというのに、初めから知っていたかのようにエリーゼの性感帯がわかる。

「ここ、ゼミでやったところだ！」って感じで、女というテストをスラスラ解いていく感覚。まさにチート。これが、マジカルち○ぽの力……！

いろいろな動かし方を試しながらエリーゼの感じるポイントを一通り把握すると、僕は一気に動きを加速した。

「っ～～～ッ！　うぁあ！　ああっ、アアアアッ！」

洪水のような快楽に翻弄されるエリーゼだったが、僕もさほど余裕があるわけではない。彼女がより強く感じはじめるのと同時に、その秘肉がうねり、僕のち○ぽを刺激しだしたからだ。

それはまるで先ほどフェ○チオで把握した性感帯をオマ○コで刺激するようなざわめきであり、僕も一気に追いつめられていく。

だが、ここで先に僕がイクわけにはいかない。それは、なんというか、負けだろう。

僕は必死に歯を食い縛り、射精感に耐える。そしてエリーゼの性感帯を、さらに激しく責め立てた。

「う、あ、あ、あ、あ、あ、も、もう、ダメっッッ！　イックウゥアァァア！」

絶叫と共にエリーゼが絶頂するのと、僕が限界を迎えるのはほぼ同時だった。

「ううぐぅううううあああ………」

子宮に勢いよく精液を叩きつけられ、エリーゼはさらに深い絶頂へと登りつめる。

ひとしきり射精が終わり余裕を取り戻したのでエリーゼの様子をうかがうと、彼女は視線をあらぬ方向に向け、恍惚とした表情をしていた。

「ぅ………ぁ、……す、ごい」

よほどの快楽だったのだろう、未だに微かに痙攣を続けるエリーゼは、世界で一番幸せです、といった顔をしており、僕はその表情に――

一瞬でち○ぽを回復させた。

「ぁ…………えっ？　ち、ちょ、ちょっと、まっ、待って！　イッた、イッたばかりでまだびんか……アァアアッッ！」

未だ敏感なままのオマ○コを刺激されたエリーゼは、泣きそうな顔で僕に懇願するが、僕は聞く耳を持たなかった。

イッたばかりで敏感というが、どうせ僕のザーメンが入ったままである以上、エリーゼはずっとイッた直後の敏感さを保ち続けることになるはずだった。攻略サイトの情報によれば、マジカルち○ぽの精液は、それ自体が天然の媚薬なのだから。つまり、インターバルには何の意味もないということだ。

そもそも奴隷を休ませてやる必要などない。僕がヤりたい時にヤる。それが性奴隷というものだ。それをエリーゼに教え込んでやるため、僕は一切の手加減なしにエリーゼを責め立てるのだった。

「うぁぁぁぁ～…………、す、すごぉいぃ……ぁぁぁ……！」

すさまじく濃密な性臭が漂う室内に、ろれつが回らないエリーゼの嬌声《きょうせい》が響く。

……エリーゼと初夜を明かしてから、一週間が経過した。

その間、僕とエリーゼはひたすらにセックスをし続けた。

起きてる間は常にエリーゼの膣には僕のち○ぽが挿入され、お互い眠るのは疲労困憊で倒れこむわずかな時間だけ。僕はエリーゼが気絶しても動き続けたし、僕が目覚めると必ずエリーゼが僕の上で腰を振っていた。

僕は、……いや僕達は完全に快楽に溺れていた。

エリーゼの肉体は、すでに僕の理想に限りなく近かったが、その内側までは完璧ではなかった。その内側が、僕とセックスしている間に微調整され、僕との性交専用に作り替えられていった。一度挿入すればもう抜くことはできないエリーゼの理想的なオマ○コと、無尽蔵の精力を持つ僕のマジカルち○ぽが合わさった時、僕達はこのセックスの止《や》め時を完全に見失った。

エリーゼを興奮させる作用を持ったザーメンの残り香が充満した部屋の中、常に発情状態かつイッた直後の敏感さをキープし続けるエリーゼ。

あの加護の力で、僕が気づいていなかった潜在意識下の女への欲求まで読み取り、肉体を常に僕専用にカスタマイズし続けた結果、僕のみに効くフェロモンを発するようになったエリーゼに魅了された僕。

この組み合わせで、セックスを止めろというのが無理だ。

食事は、宿屋のルームサービスに頼った。

当初食事を運んできた男の従業員は、盛った犬のように交尾をする僕らに嫌な顔をし、次いでエリーゼの美貌に気づくと僕に嫉妬の表情を向けてきたが、三日経ち僕がずっと腰を振っているのを見るとその表情は恐怖へと変わり、五日経つとそれは畏怖になり、そして一週間経った今では、彼は退室の際に敬礼するようになっていた。

そんなこんなで、寝ても覚めてもセックス、飯を食ってる時もセックス、セックスをしてる時もセックスという三大欲求≒セックスのような日々を送っていたのだが、さすがの僕達も限界を迎えてしまった。

視覚は、エリーゼ以外のすべてを遮断し、嗅覚はエリーゼ以外のすべての匂いを消した。耳に届くのはエリーゼの嬌声だけだし、味覚にいたっては機能していない。

唯一機能するのは触覚だけで、これだけが唯一万全の機能を発揮していた。

もうこのままセックスしながら死んでゆくのだろうか。そんな死に方も悪くない。

そんな風なことをぼんやりと考えていたのだが、何事にも終わりというものがあるものだ。

無敵のマジカルち○ぽとはいえ、一週間耐久セックスにはさすがに音《ね》を上げた。

ついにどんなにエリーゼがオマ○コでしごいても硬くならなくなったのを期に、僕は自分の意識が遠のいていくのを感じた。

そして。

「うあ～……？　もっろぉ……もっろぉしてぇ、ごひゅひんさまぁ～」

君には負けたよ、エリーゼ……。

薄れゆく意識の中、そんな声を聞いて、僕はそう思うのだった。

翌日、眼を覚ました僕はさすがに反省していた。

なんだよ、一週間ぶっ通しって。いくらなんでもやりすぎだろ。セックスが好きとか、セックスに夢中とかそういう次元ではなく、セックスに魂を燃やしてるレベルだ。

それに、一週間も時間をロスしてしまったのも痛い。一部のイベントには、達成期限が設定されており、それらのイベントは期間内にフラグを立てておかないと回収できないのだ。

エリーゼの暴漢イベントなどまさにこのタイプで、レリアーナのイベントもこのタイプに属する。

それに、ゲーム内では特に達成期限が設定されていなかったメインストーリーイベントでも、現実では時間経過にともなって普通に進行していて、毎日セックスしてたら魔神が復活していて世界が滅んでいました（笑）、という事態になりかねない。

何より、一番恐ろしいのが、同類が存在する可能性だった。もし同類が実際に存在した場合、そいつと出会うその時までに、わずかステータス1でもいいから、そいつより強くなっていなければならないのに、僕は一週間も無駄に使ってしまったのだ。

さすがにこれはまずい。

別にセックスレスになるつもりはないが、ヤるのは夜、寝る前に数発にするべきだ。

僕は、この強すぎる性欲を自制することに決めた。

……はずだったのだが。これはいったいどういうことだろう。

「あ、あ、あっ！　いっ、いいよぉ、ケインくぅん、す、すご、すごくいいよぉ！　あっ、あっ、頭痺れるぅ」

壁に手をつき、その形の良い尻をこちらに向けたエリーゼが、犬のように舌をだらしなく出し、蕩けた声で喘ぐ。頬に張り付いた髪がなんとも色っぽい。

……なぜこんなことに。僕は気づいたらエリーゼにち○ぽを突っ込んで腰を振っている自分に驚愕した。

この一週間、満足に風呂にも入らなかった僕らは、一週間分の汚れを落とすためゆっくりと風呂に入ることにした。

僕らは、風呂場に備え付けられていた石鹸をよく泡立てると互いに互いを洗いはじめた。

いま思えばこれがいけなかったのかもしれない。

なんだかこの一週間ですっかり淫乱になってしまったエリーゼが、教えてもいないのにその体で僕を洗いだし、僕もエリーゼの体を洗ってるうちにどんどんその気になってきて……。

気づいたらこの有り様だった。

なんてことだ！　自重すると誓ったその日のうちに誓いを破ってしまうとは。

穴があったら入れたい気分だ。あっ、間違い。穴があったら入りたい気分だ。

「あっ、ぉぉぉぉぉっ、いっいぃぃぃぃ！　く、くるっ、お、大きいのがッ」

(くそっ、何もかもエリーゼが悪い。この気持ち良すぎる穴が悪い‼)

「あはぁぁぁぁっ、いっ、いっ、イッく……！」

僕は、理不尽な怒りをエリーゼのオマ○コにぶつけるようさらに激しくエリーゼを責め立てたのだった。

「このままじゃ、マズイ……」

情事が一段落し、暖かい湯に浸かりながら僕はそう呟いた。

「？　何が？」

うっとりと、僕に抱きついていたエリーゼが、そんな僕の呟きに体を離し首を傾げた。

「僕達のことだよ。このままじゃマズイ」

「んー………もしかして、気持ち良くなかった？」

「いや、そうじゃなくてさ。むしろ気持ちいいのがマズイというか。……エリーゼもわかるだろ？」

「……えっと。気持ちいいのがマズイの？　何で？」

「何でって……そりゃ人間として堕落するというか……」

「……ねぇ、そんなことより、もう一回……しよ？」

エリーゼが僕の股間へと手をやり、緩やかに扱《しご》きはじめる。一週間ぶっ通しでやり続けたというのに、一晩寝ただけですっかり回復した逸物は、そんなわずかな刺激でどんどん硬くなっていき
――。

「って違ーう！」

「ひゃぁっ!?」

僕は慌てエリーゼを引き剝がす。その拍子にエリーゼのおっぱいがぷるんと揺れ、一瞬「……話はパイズリしてもらった後でもいいかな？」という欲求が芽生えたが、僕はそれをねじ伏せた。

そして、エリーゼの肩を掴むとそのサファイアのような瞳を見つめて言う。

「いいか。エリーゼ、このままじゃダメだ。何がダメかってまずお金的な問題でダメだ」

金貨はまだ二十枚近くあり、少なくともあと数か月はこの生活を続けられるが、僕はそれを伝えずあえて金銭的な理由を押し出した。

「じゃあもっと安いところにしようよ。私、ケインくんと一緒ならどんなところでも平気だよ」

そんな可愛らしいことを言うエリーゼに、僕は一瞬キュンとしたが、我に返り首を振った。

「それでもいつかは金がなくなる。そうなれば……」

そこで僕は言葉を区切る。

「……そうなれば？」

「そうなれば、エリーゼを手放さなくてはならなくなるかもしれない」

「……え」

無論、嘘だ。僕なら普通に宿代くらいはすぐに稼げるし、冷静になればエリーゼもすぐそのことに気づくだろう。

だが、この言葉はエリーゼからそういった冷静さを奪うには十分だった。

十分、すぎた。

「ぁ、ぁ、ぁ……」

「え、エリーゼ？」

暖かい湯に浸かっているにもかかわらず、エリーゼはまるで真冬に全裸で屋外に放り出されたかのように全身を丸めガタガタと震えだした。

その顔は紙よりも白くなり、唇は真っ青に変色し、カチカチカチカチと歯が絶えず鳴り続けている。

僕がさすがにエリーゼの異変に気付き声をかけると、彼女はバッと僕の腕にすがりついてきた。

「おね、お願いします。ご主人様。な、なん、何でもっ、何でもしますから！　捨てないでッ、捨てないでください」

「…………………」

そのあまりの必死さに、僕は思わず絶句した。

今までのエリーゼのイメージとはあまりに異なるその姿。

まるで僕に見捨てられたら死ぬと言わんばかりのそれは、僕が今まで気づかなかったエリーゼの心の闇を表しているように見えた。

「……あぁ、あああ、ど、どうしよう、ど、どうすれば」

僕が絶句しているのを、無言の拒絶と捉えたのか、エリーゼが頭をかきむしりながらぶつぶつと呟く。

僕は、気づくとそんなエリーゼを抱き締めていた。

「……え？　ご、ご主人、様？」

「ケインでいい」

そう言って、さらに腕に力を籠めてやると、エリーゼはようやく安心したかのように力を抜いた。

「……………ぁ」

「僕が、エリーゼを手放すわけがないだろ？　それに、そうならないために今なんとかしようって話をしてるんだ」

「…………ぅん」

エリーゼが、こくりと頷き僕の頬に頬擦りしてくる。

僕はそんなエリーゼを可愛く思うのと同時に、哀れに思った。

エリーゼの心の闇。それは、実の父に、その内心はどうであれ、金で売られてしまったということだろう。おそらく、この世で最も信じていた者に裏切られた形となったエリーゼは、自分の居場所を失うということを極端に恐れるようになった。それが、先の行動の理由だ。

あの快活で太陽のように明るかった少女が、あのように怯える様は、まさに陽の光が陰るようであり痛ましかった。

僕はそんなエリーゼを安心させるよう頭を撫でながら囁く。

「安心した？」

「ぅん……ねぇ」

「うん？」

「お願いがあるの」

「なに？」

「もし、この先ケインくんが私に飽きて、私が要らなくなったとしても……」

「…………」

「私を売ることだけはしないで。その時は……ケインくんの手で、私を殺して……一生のお願い」

切実な、あまりに切実なエリーゼの願い。

僕は、そんな日はけっしてこないと思いながらも、軽く頷いて彼女に答えた。

「わかった。その時はエリーゼを殺すよ。エリーゼは誰にも渡さない」

「良かった……ありがとう」

「うん……」

僕はそのあとお湯が冷めるまで、エリーゼの柔らかさを感じながら彼女を抱きしめ続けた。

第十二話　狂いはじめたシナリオ

　とまぁそんなこんなで一風呂浴びてさっぱりした僕らは、ベッドへ移って第二ラウンド——はさすがに自重して外出することにした。

　目的は買い物だ。自宅を失ったエリーゼは、当然私物も失った。自宅に取りにいくという選択肢もあるが、そうなればエリーゼの父と顔を合わせるかもしれないし、それはエリーゼも望むところではないだろう。

　それに、どのみちエリーゼの装備を買いに行く必要があるのだ。私服やらの生活必需品はそのついでだ。

　そう、装備である。

　これからは、エリーゼにも冒険者として活動してもらうつもりだった。

　エリーゼは、冒険者のスペックとして一般に考えられるものについてはさほど優れたところはないが、エリーゼ固有のスキル——いわばレアスキルというものが素晴らしかった。

　エリーゼがＬＶ５になると身につけることができるレアスキル、それは《愛の揺り籠《かご》》という。

　これは、ＨＰ、ＭＰを一〇％消費することで性交した相手のステータスを全快させるスキルだ。

　一日一回しか使えないスキルだが、これによりどんなに傷ついていてもセックスするだけで全快することができ、ボス戦の前に使えば万全の状態で挑むことができる。

このスキルの最大のメリットは、〝重傷〟などのバッドステータスをも回復できることだ。

この世界の回復魔法は、主にＨＰ、つまり生命力を回復するもので、軽傷は癒せても深い傷は治せない。つまり、腕を失ったら、回復魔法で回復してもＨＰが回復するのみで、欠損した腕は戻らない。その際、ステータス上では〝重傷〟や〝流血〟と表記される。

毒、麻痺、睡眠などといったゲームではありがちなバッドステータスを回復する魔法や道具は存在するが、〝重傷〟など一部のバッドステータスを回復するには、基本的には街の治療院にある魔法陣を用いるしかない。

基本的には、というのはもちろん一部例外があるからで、その例外の一つがエリーゼのレアスキル《愛の揺り籠》だ。

重傷を負ったら急いで街に帰還しなくてはいけないこの世界では非常に重宝するスキルであり、もしエリーゼが奴隷になった時点でこのスキルをすでに取得していたら、金貨百六十枚では到底すまなかっただろう。

エリーゼが成長することでスキルの使用可能回数も増えるので、このスキルのためにエリーゼを最終パーティーまで残すプレイヤーも多い。

と、いうわけで、僕とエリーゼは実に一週間ぶりに宿の部屋から出た。

なぜか、僕達の姿を見て言葉も出ないほど驚いているルームサービスの青年に銀貨二枚ほどのチップを渡して部屋の掃除を頼むと、僕はエリーゼを連れて街へと出るのだった。

「どこに行くの？　ケインくん」

さすがにあの半ば透けた服で外出させるわけにもいかず、ダボダボの僕の服を身に纏ったエリーゼが、そう聞いてくる。

何も言わずに黙々と支度してついてきた癖に、今さらそう問いかけるエリーゼを少しおかしく思いながらも、僕は答えた。

「うん？　そりゃエリーゼの服とか下着を買いにだよ。今何もないだろ？」

「あ～、そういえばそうだったねぇ。……ずっと裸だったから忘れてたよ」

後半は小声でそう言うエリーゼに、僕は苦笑しながら服屋へと入った。

今回僕が入ったのは、古着屋ではなく新品の服を売る仕立屋だ。

金に余裕がある以上、古着など買わず、エリーゼの好みの物を作ってしまえばいい。

……それに何より、古着屋だとエリーゼの好みの物を見つけ出すのに途方もない時間がかかる。

それは勘弁してほしい、というのが本音だった。

「いらっしゃいませ、ようこそお越しくださいました。本日はどのようなご用件で？」

僕が店に入ると、すぐに店主だろう初老の男がやってきた。

僕は彼にエリーゼを手で指し示しながら言う。

「この娘の服を仕立ててほしい」

仕立屋は、エリーゼのほうをチラリと見、その奴隷を意味する白い首輪に一瞬目を留めてから僕に視線を戻すと言った。

「さようでございますか。ところでお仕立てになる服は何着ほど？」

「これで七着ほど仕立ててくれ」

そう言って、僕が仕立屋に金貨を二枚ほど渡そうとした時、エリーゼが僕の袖を引いた。

「うん？」

「あ、あの、ケインくん。私には銀貨一枚くらいの古着でいいから」

「気にしなくていいよ。エリーゼの服を買う余裕くらいある」

「で、でも……お金がなくなったら……」

言い辛そうにそう言うエリーゼに、ようやくエリーゼが何を気にしているかわかった。

おそらく、彼女は先ほどの〝金がなくなったらエリーゼを売らないといけない〟という話を気にしているのだ。

いくら彼女を売らないと言っても、実際に金がなくなればどうなるかわからない、そんな不安があるのだろう。

ここで、大丈夫と言うのは簡単だったが、より彼女を安心させるため、僕はこう言った。

「そんなに気になるなら、これはエリーゼへの貸しにしとくから、早く強くなって返してよ」

「え？」

「ん？」

「…………もしかして、私も冒険者になるの？」

「あれ？　言ってなかったっけ？」

……エリーゼが冒険者になることは僕の中で確定事項だったため、言ってなかったかもしれない。

「そっか……。うん、わかった」

自分が迷宮に潜ることになると聞いたエリーゼは、数秒考えこむと何度か頷く。

「そういうことなら、私頑張るよ」

「？　うん、頑張って」

何がそういうことならなのかはわからないが、なにやら勝手に納得してくれたようなので再び店主に向き直ると、僕は金貨を二枚渡した。

「じゃあそういうことで」

「かしこまりました」

「それじゃあエリーゼ、サイズを計ったりデザインを決めたりしてる間、僕はちょっとそこらへんをぶらぶらしてるから」

「うん」

頷くエリーゼに手を振ると、僕はエリーゼを置いて前々から行きたいと思っていたところへと向かうのだった。


その後、無事目的の物も手に入れ、エリーゼと合流し下着などの日用品も買い終わった僕らは、本日最後の買い物となる武器屋へとやってきていた。

とはいっても、僕がいつも通っている武器屋とは、若干趣《おもむき》が異なる。

なぜなら、ここは普通の武器屋とは違い、魔力が籠った特殊な能力が付与された武具を取り扱う店だからだ。

さすがに、こういった専門店になると、客より店の方が立場は上であり、先ほどのように店主がわざわざ出迎えるということはない。

客達は、適当に店内を見回って気に入った商品を手に取り、カウンターへと持っていくことになる。

もちろん、商品に値札などは貼られていない。そこには、目利きができないような客はお断り、という店主の無言のメッセージが込められているように思えた。

明らかに冒険者と思わしき客達が、思い思いに店内を見回っている中、僕は迷わずに店内のある一角へと向かう。

そこにあるのは、持つだけで所有者の魔力を上げる杖が並ぶコーナーだ。

なぜ、このコーナーに来たか。それは単純な消去法である。

今まで満足に戦ったこともないエリーゼ。そんな彼女が、ある日突然剣を渡されて、迷宮の魔物と戦えるか。考えなくてもわかるだろう。不可能だ。

かといって、弓などの後衛も難しい。弓というのは、実はかなり強力な武器であり、至近距離で放った場合、弱い弓でも鎧を貫く。

反面、その扱いはかなり難しく、もしエリーゼに弓を持たせて戦った場合、僕はすぐさま死因・エリーゼの誤射となるだろう。

加えて、弓は実は胸の大きな人には向かないという側面もあり、弦《つる》の反動でおっぱいを打つ女新米冒険者が後を断たない。

エルフに弓が得意な者が多いのも、エルフの女に貧乳が多いのが理由だとも言われている。

ちなみに、これをエルフの女弓使いに言うと、至近距離の弓の威力を思い知ることになる。

とまぁ、そういったわけで弓も無理。

そうなると、即戦力となってすぐに扱えるものは、魔法、ということになる。

といっても、普通の街娘であるエリーゼに、魔法の知識などあるはずもない。

そこで登場するのが〝雑魚王の首飾り〟などの魔道具である。

あれは、使用するだけで無詠唱のエアブラストを扱うことが可能になる装備だ。

あの〝雑魚王の首飾り〟は、ゲーム中でも非常に評価の高いアクセサリーだ。魔法系のスキルの習得、魔法未習得のキャラの後衛化を初め、本来失声症を発症するエリーゼをパーティーに加えるなら、必須アイテムとなる。

しかしながら、〝雑魚王の首飾り〟は闘技場での投資のために売ってしまったので、その代わりとなる魔道具をここに買いにきた、というわけだ。

今回エリーゼは失声症は発症していないが、魔法書などで魔法を身につけるのは時間がかかりすぎるので、魔術師系統のクラスを得るまではこれで凌《しの》ぐつもりだった。

「これなんかどうかな」

「ちょっと大きいかも……」

適当なスペックの杖を持たせて、使い心地を確かめさせていると、ふと他の冒険者達の会話が耳に入ってきた。

「おい、聞いたか？　『伝説の　神々の　理想郷』の話」

「あぁ、例の初心者殺しの話だろ？」

（……うん？）

微妙に気になるキーワードに、僕はそちらに意識を傾けた。

『伝説の　神々の　理想郷』とは、街の中心に存在する全百層のメインダンジョンだ。理想郷などと平和そうな名がついてはいるが、その最深部に封じられているのは魔神であり、ソイツを倒すと『迷宮のアルカディア』は一応のクリアということになる、普通に考えれば街中になどあってはならない代物だ。

その『伝説の　神々の　理想郷』の話題が出た、ということはメインストーリー系のイベントに関係することかもしれない。

しかも、初心者殺し。このキーワードは確か……。

「なんでも生き残った奴の話によると、ソイツには一切の攻撃が効かなかったらしい」

「……単純に防御力が高すぎて効かなかった、って落ちじゃなくて？」

「いや、どうもそれが〝学園〟の引率だったらしくてな、引率者の教員はレベル30以上だったらしいんだが、一ダメージも与えられなかったらしい」

「おいおい……そりゃあその初心者殺しは〝魔人〟ってことか？」

その冒険者が恐怖混じりに呟く言葉に、僕と同じように聞き耳を立てていたのだろう冒険者達がざわめく。

魔人。それは恐怖の代名詞。かつて、魔神を信仰し不老不死となった狂信者。その大多数は封印または討伐されたというが、少数の精鋭達は今もどこかで息を潜めて魔神の復活を狙っているという。彼らには、一切の攻撃が効かず、唯一有効なのは〝神〟の力が宿った特殊な武具――そう、たとえば僕の持つ〝魔剣ソウルイーター〟のような武具のみ……。

間違いない。これは魔剣覚醒イベントのフラグだ。

（バカな。早すぎる……）

本来、魔剣覚醒イベントは序盤の終わり、メインダンジョンで主人公達が十階を超えたあたりで起こるイベントのはずだ。

魔剣覚醒イベントは、魔剣ソウルイーターを持った主人公が、偶然かつて負った傷を癒すため眠りについていた魔人オリオールの側を通りかかったことにより、魔剣に封じられていた魔神の魂をオリオールが感じとり、オリオールが眠りから覚めることで起こる。

ゆえに、ゲーム中では主人公がイベントのトリガーとなる三階に辿り着くまで決して起こらないイベントであり、エリーゼの強制イベントとは異なり達成期限のないイベントのはずだ。

にもかかわらず、イベントが発生しているということは……。

（もう一人の魔剣保持者か……）

そして、その魔剣保持者は同類の可能性が極めて高かった。

〝知識〟持ちならば、魔剣の性能は百も承知だろう。ならば、僕の実家に放置され埃《ほこり》を被っている魔剣を回収してもおかしくない。

ちなみに僕がもう一振りの魔剣の居場所を知っていながら回収しておかなかったのは、作中では僕の故郷の名は語られず、平民であるため家名もないゆえに逆にその存在を隠しやすいと踏んだからだ。

もし同類が、国中の田舎を駆け回り、魔剣を見つけ出し回収したとするならば、すさまじい根性だと言わざるをえない。

案外、僕とエリーゼがセックスに明け暮れていた時、同類は必死こいて魔剣を探していたのかもしれない。まったく、ご苦労様なことだ。その根性には称賛の舌打ちを贈らずにはいられない。

(……いや、待てよ？　もしこのイベントを発生させた魔剣が僕の家にあったものなら……)

僕の家族は今無事なのか？

僕の家族構成は、両親と妹の四人家族だ。魔剣は、冒険者だった叔父のものであり、一振りは僕が持っていき、もう一振りは家の納屋に、農具などと共に無造作に置いてある。もし〝同類〟が、こっそりとこの納屋に置かれた魔剣を回収したのならば、まぁ……問題はない。

だがもし〝同類〟が僕の家族を皆殺しにして魔剣を回収したとしたら……いや、いっそ村ごと襲撃して魔剣を回収していたとしたら……。

脳裏に、胸を魔剣で串刺しにされた少女――妹が無残な姿となった光景がよぎる。

「…………ッ！」

嫌な想像に汗が噴き出た。心臓が激しく鼓動し、胃がズンと重くなる感覚。

僕はギュッと胸元を握りしめて、深呼吸した。

落ち着け、あくまで想像だ。そうと決まったわけじゃない。

このオリオールイベントが終わったら、速攻で確認しにいけばいい。

本当は今すぐにでも確認しにいきたいところだが、まずは何よりも先にオリオールを討伐しにいかなくてはならない。

なぜなら、オリオールは討伐に時間がかかればかかるほど傷を癒し、全盛期の姿に近づいていくからだ。その上、魔神のオーブというこれまた魔神の魂が封じられたアイテムを持っており、そのためさらに放置を続けていると、魔神が復活して世界滅亡エンドを迎える。

ゆえに、僕はオリオールを速やかに討伐しなければならないのだ。

しかし……。

(クソッ、これが同類の作戦ならソイツはめちゃくちゃ頭がキレるな)

オリオールの討伐。それには一つ問題があった。

それは、僕の存在が同類に探知されることだ。

初心者殺しの噂。そしてその初心者殺しが魔人かもしれないという噂。そして初心者殺しがメインダンジョンでしか出没しないという事実（オリオールは傷が全快するまでメインダンジョンから出ない）。

これらの噂を聞けば、普通の思考を持つ冒険者なら、メインダンジョンでの活動は控える。

それでもなおメインダンジョンに向かうのは、二通りの人間しかいない。噂はたいしたことないと高《たか》をくくった馬鹿か、〟オリオールをなんとかしなければまずいと知る者〟……つまり、同類だ。

この二通りの人間を見分ける方法は実にシンプル。オリオールを倒せる方法を持つか、否か。

後者なら無敵のオリオールにあっさりぶっ殺されてくれるから、どんどん同類を見つけやすくなる。

もしオリオールが全快に近づいても討伐しにこなければ、同類がいないという証明になり一石二鳥。その時は魔剣を持つ自分がオリオールを始末するつもりなのだろう。

まさか自分でイベントを起こしておいて、オリオールを倒せないということはあるまい。あるはずがない。ない、よね？　誰か、ないと言ってくれ。

……同類が、オリオールを倒せないにもかかわらずオリオールを目覚めさせる可能性は、実は充分にあるのだ。

漆黒の闇……。あの騒ぎで、同類は自分の同類の存在をかなりの確率で認識しているだろう。僕が逆の立場なら、容易に〟称号ブースト〟した存在を推測できるからだ。

ゆえに、本当に切羽詰まってくれれば、漆黒の闇がオリオールを倒す手段を携えてぶっ殺しにきてくれるはず、と思っている可能性も否定できない。

まさに、世界をチップにしたイカれた賭け。負ければ世界は滅び、勝っても同類の存在を確認できるだけというハイリスク・ローリターンの賭け。賭けるものは途方もなく大きく得られるものは限りなく小さい、そんな賭けを平然とできる――それが僕の敵なのだとしたら。

もしそうなら、この賭け、相手の勝ちだ。

僕は、オリオールを倒しにいくしかない。僕は、相手のように〝同類がオリオールを倒せる〟可能性に賭けることができない。倒せない可能性がわずかでもあり、負ければ世界が滅びるなら、僕は自分の存在がバレようとオリオールに戦いを挑むしかないのだ。

今までは、たとえ僕がゲームの主人公であっても――その場合、相手には僕の名前と最初の居場所はとっくに知られているわけだが――同類と断定されることはなかった。僕が戦っているところは誰にも見られておらず、また主人公であれば固定キャラのエリーゼを連れ歩いていても不自然ではないからだ。エリーゼがゲームのシナリオと違って健康な様子でも、それが自分や漆黒の闇のバタフライエフェクトである可能性は否定できない。そう、僕が漆黒の闇として現れたせいで親父さんが借金取りに嵌められたように。

だが、ここで行動した場合は違う。この時点では僕は自身の剣が魔剣であるなど知らないはずであり、それ以前に、僕は正義感を燃やして初心者殺しを倒しにいくようなタイプではないのだ。ゆえに、僕がメインダンジョンに向かえば……それだけで僕が同類と判断される可能性が跳ね上がる。

そして何より、この賭けを行う最大のメリットは、僕以外に同類がいる可能性を確認できることだ。魔人を殺せる武器は主人公の家に伝わる魔剣以外にも存在するが、それは知識持ちでなければ見つけ出すことはできない。つまりそういう武器を持って魔人に挑んだとしたら、奇跡のような偶然という例外を除き、その人物は同類と断定できるのだ。

……考えれば考えるほど、今の状況は同類が最悪の賭けを行っている結果な気がしてきた。

（やるな、名も知らぬ同類さん。だが僕は決めたぞ。お前だけは何があってもぶち殺す）

こんな世界を巻き込むような真似を平然とするような奴を、主人公としてとかではなく、この世界に生きる住人の一人として、けっして見逃すわけにはいかない。

それに、もし、万が一にも僕の家族に危害を加えていたとしたら……想像するだけで血液が沸騰するような感覚になる。

しかし、問題はオリオールだ。彼がいつ眠りから覚め、今どれほどの力を持っているのか。倒すなら、万全を期さなければならない。この世界は、称号などでわりとあっさり強くなれるが、その分敵の強さが半端ないのだ。

現に、序盤のボスであるオリオールですら、こうして世界を滅ぼせるスペックを有している。

（仕方ない。まだ早いと思っていたが……）

先ほどから険しい顔で考えこんでいた僕を心配そうに見ているエリーゼを、僕はチラリと見た。

（エリーゼを即戦力化するしかないか……）

僕はエリーゼを称号レベリングすることを決めた。

第十三話　加護の影響

エリーゼを強化する。

そうと決まれば、やることは簡単だ。

まずは、万が一何があっても良いようにポーションとマナポーションをたんまりと買っておく。

この世界の回復魔法は肉体的な傷は軽傷までしか治せず、重傷を負った場合は、大規模魔法陣が刻まれた治癒院に行くしかない。つまり、重傷を負った場合、ポーションは治癒院までの延命措置でしかない。しかし、だからこそ必須。それが九九％安全な迷宮であっても用意しておくのが、長生きの秘訣なのだ。

そういったわけで、ポーションを買った僕達は、その足で僕もお世話になった『脆弱な　獣の乱戦場』へと向かった。

しかも今回は泊まりがけを想定して、テントも用意した。

エリーゼの初めての冒険用の買い物のはずだったのにテントまで買い出して本格的に遠征の準備をする僕に、彼女は不安そうな顔をしながらついてくる。

そんな彼女と共に迷宮へと向かいながら、僕は彼女になんて説明すればいいか考えていた。

（素直に自分が異世界の知識を持つことを打ち明ける……ダメだな。エリーゼなら受け入れてくれるかもしれないが、あまり言いたくない。何も言わずに黙々と命令を聞かせる……悪くはないが、エリーゼが単身秘密を探ろうと動く可能性もまったくないわけじゃない。保留だな。父が称号研究家だった……悪くない。嘘がバレた時が怖いが、一番説得力があるな)

そんなことを考えながら歩いていると、いつの間にか僕達は『脆弱な　獣の　乱戦場』のすぐそばまで来ていた。

そこからは辺りの様子をうかがいながら進み、ほどよく平らな場所を見つけた僕は、迷宮の入り口の近くにテントを張りはじめた。

エリーゼも、無言で僕の手伝いをし、しばし重い沈黙が落ちる。

そして、テントを張り終わると、僕はエリーゼへと向き直った。

僕の真剣な顔を見たエリーゼは、これから重要な話があると察したのか顔を引き締める。

僕は、そんな彼女に向って重々しく口を開いた。

「これから話すことは、僕のＬＶに見合わない強さの秘密の一端だ。今まで誰にも話したことはないし、これからも君以外にこの秘密を話すつもりはない」

「…………………」

ごくり、とエリーゼが唾を呑み込む音が聞こえた。

僕の最大の秘密。それを自分だけに教えてくれるという事実にエリーゼは興奮しているのか、頬を紅潮させ、眼を爛々《らんらん》と輝かせてこちらを見ている。

そんなエリーゼの様子を見た僕は、道中考えたセリフをゆっくりと話しはじめた。

「この世界には、ルールがある」

地面に落ちた小石を拾いながら、僕は言う。

「この小石を、手のひらから落とした時、小石は地面に落ちる。子供でも知ってる常識だ。そしてそれを誰も不思議に思わない。当然だ。それが、この世界のルールだから」

エリーゼは、僕の強さの秘密を教えるという話だったのに、突然小石の話をされて戸惑っているようだった。

そんな彼女に内心苦笑しながら僕は続ける。

「この世界には、そんなルールが無数に存在する。太陽が東から登り、西へと沈むということ。セックスをすれば子供ができるということ。生きとし生けるものはいつか必ず死ぬということ。そんな無数のルールの中に、称号、というルールがある」

「…………ッ」

話が核心へと近づいてきたと思ったのだろう。エリーゼが息を呑む。そんな彼女に、僕は問いかけた。

「エリーゼ。称号とは何かな？」

「……称号とは、何か特別な偉業を成し遂げた者へと神が授ける贈り物。称号を得た者は、その称号を得るまでに経た困難に応じた強さを得る」

「そう。そのとおり。称号を持つということは普通に生きていては決して成すことができないことを成したという証明であり、ゆえに希少な称号を持つ者は一定の尊敬を集める。じゃあ称号はどうやって手に入れればいい？」

「それは……神が判断して……」

エリーゼが困惑したように言う。

称号は神が判断して授ける贈り物。それが常識であり、であるがゆえに、この世界の人間はそこで思考が停止する。

普通の人間が、なぜリンゴが木から落ちるのかを疑問に思わないように、この世界の人間はなぜ称号が贈られるのかを疑問に思わない。ただ、これまでの自分の行いを神が評価した、そう受け止めるだけなのだ。

知識を得るまでの僕もそうだった。

「そうだね。称号は神がこれまでの行いを評価して贈るものだ。じゃあ神がその行いを評価した基準とは何だろう？」

「……神の評価、基準？」

エリーゼが愕然と呟く。

「考えたこともない？」

エリーゼは頷く。

「当然だ。普通の人はそんなこと、考えもしない。だが、そんな突拍子もないことを考えた人がいた」

そこで僕は眼を閉じて一拍置く。

「それが、今は亡き僕の祖父だ。祖父は考えた。神が人に称号を贈る際の基準は何だろうか、と。

人が人を評価する時には何らかの値や尺度をよりどころとするように、神にも称号を贈る際のよりどころがあるのではないだろうか、と。

——そう、祖父は称号を得るための〝条件〟の研究をしていたんだ」

「……それが、ケインくんの強さの秘密？」

僕は頷く。

「祖父はまず、これまでの称号取得者の経歴を調べあげた。そして彼らの行動から共通点を一つずつ洗い出していき、それを称号名から関連づけ、系統分けした」

「…………………」

「もちろん、それらは祖父が勝手に系統分けしたもので、何の根拠もない。祖父もそれはわかっていたのか、世間に公表することはなかったし、それらの研究資料は僕の家の倉庫で祖父の死後埃を被ってた。僕がそれを発見したのは偶然だ」

「…………それで、ケインくんは冒険者になったの？」

ニヤリと笑う。

「そう。研究資料を見た僕は、試したくなった。祖父の研究成果が本当なのか。もしこれが本当なら、僕は偉大な冒険者になれるだろう。そう思ったんだ」

「…………………」

「これが、僕の秘密」

「……どうして」

ポツリ、とエリーゼが言う。

「ん？」

「どうして私にこんな大事なことを教えてくれたの？」

そう問いかけるエリーゼの眼には、疑問ではなく期待の色があった。

僕はそんなエリーゼの乙女心に内心苦笑しながら、エリーゼの期待に応《こた》えてあげることにした。

「それは……この秘密を誰かに打ち明けたくなったから。そして、エリーゼならきっと、死んでも他の人間に教えないと、そう思ったんだ」

「ケインくん……」

チラ、とエリーゼを見ると、僕は無事彼女の期待に応えられたようで、彼女は頬を薔薇《ばら》色に染めながらこちらを見ていた。

(チョロいぜ……)

内心そんなことを思いながら、僕は彼女に微笑む。

予想以上に、ペラペラと口が回った。しかも、実際口に出してみれば結構説得力もある。

僕って、詐欺師でもやっていけるかもな。

そんなことを考えながらエリーゼを抱きしめる。

「エリーゼ。これからは二人で頑張っていこう」

「うん！」

エリーゼの反応に、僕は計算どおり、と陰で笑うのだった。

さて、無事にエリーゼを納得させる（騙す）ことができた僕は、さっそく彼女に僕もやった〝迷宮を出たり入ったり〟をさせることにした。

といっても、今日はもうすでに夕方も近く、一流冒険者の称号を手に入れるのは明日になるだろう。

その間、僕もただ遊んでいるつもりはなく、こちらはこちらでやらせてもらうつもりだった。

僕はエリーゼには誰か来たらご主人様を待っていると言うように伝え、迷宮へと降りた。

そして、迷宮の中でもそこそこ大きい、それこそザコーンが百体は入りそうな小部屋を見つけると、その入り口に魔物避けの聖水を撒いた。

この聖水は、魔物が極端に嫌うものであり、普通は迷宮内でどうしても夜を明かさねばならなくなった際にもちいるものだ。

無論、これがあれば絶対魔物が近寄れないというわけではなく、越えようと思えば越えられる

――つまり〝意思〟の値が高ければレジストされてしまう程度のものだ。

しかしザコーンにそれほど高い意思力があるわけもなく、これで十分と言える。

（さて、虫籠《むしかご》もできたことだし、ザコーン取りにでも行きますかね）

僕はそう内心で呟くと、ザコーンを探し求めて迷宮を徘徊《はいかい》しだしたのだった。

――そして数時間後。

（…………四十八、四十九、五十、五十一、五十二。ようやく過半数超えか）

鉄製の巨大な網の中に閉じ込められ、シャーシャーとこちらを威嚇し、網を食い破ろうとしているザコーンを数え終えた僕は、ふぅと額の汗を拭った。

そして、〝虫籠〟部屋へと向かうとポイッとザコーンをその中へと放す。

網から解放されたザコーンは、こちらを忌々《いまいま》しそうに見るものの聖水ラインを越えてこようとはしない。

高位の魔物ならともかく、ザコーンのような雑魚なら、このような安物の聖水ですら結界に近い効果を発揮するのだった。

「……はぁ、あと四十八匹かぁ。いちち、さすがにザコーンとはいえこれだけ嚙まれるとなぁ……」

全身を無数のザコーンに嚙まれ続け、身体中に少なくない嚙み傷を負った僕は、頭からポーションを被りながらぼやく。

この程度の傷、エリーゼが【愛の揺り籠】を発現すれば〝一発〟で全快なのだが、無い物ねだりをしても仕方がない。

（そろそろ頃合いかな）

残りは明日でもいいだろう。

僕は念のため聖水をもう一度撒き直すと迷宮を一度出ることにした。

「やぁエリーゼ。頑張ってるみたいじゃん。順調？」

「あ、ケインく……どうしたの!?　そのケガ！」

汗だくとなりながらも黙々と迷宮への出入りを続けていたエリーゼが、僕に気づくとパッと顔をあげる。その表情は、最初は笑顔、次に驚愕、そして心配というように目まぐるしく変わり、見ていて飽きない。

そんな彼女に、僕は心配ないという具合に微笑んだ。

「これは、ちょっとね。明日のための準備かな。そっちは？」

「あ、うん。私は〝熟練冒険者〟っていうのまでなら手に入れられたよ」

「どれどれ？」

額の汗を拭いながら言う彼女に、僕はあの日以来見ていなかった彼女のステータスカードを取り出す。

そして、

「……なんだ？　これ」

僕はそのイカれた数値に絶句した。

［メインステータス］
■エリーゼ＝魅了　■ＬＶ＝１
■ＨＰ＝１３７／17（＋１２０）　■ＭＰ＝３２０／２００（＋１２０）

・筋力＝0・85（＋6・00）　・反応＝1・20（＋6・00）
・耐久＝9・21（＋6・00）　・魔力＝1・90（＋6・00）
・意思＝13458・55（＋6・00）　・感覚＝1・10（＋6・00）

眼を擦る。幻覚を見ているのだと思った。もしくは、字がぶれて見えているのだと。

だが、何度見ても結果は変わらなかった。

異常だ。どこから突っ込めばいいのかわからないほど。

なぜすでに魅了の状態異常にかかっているのか。LV1なのに素でMPが200もあるのはなぜか。耐久も常人の十倍近くある。そして何より意思。

数値のバグかと思った。13458。一万三千四百五十八。常人の一万三千倍の意思力。

ありえない数値だった。もはや人間の域を超えている。

それに、素《す》のステータスが一定以上で取得できるはずの称号が入手されていないのも、気になるところだ。

ちらり、とエリーゼを見る。エリーゼは、きょとんとした顔でこちらを見ている。

その姿は、どこからどう見ても一般人だ。異常な意思力を持つ少女には見えない。

それに、一週間前、あの時は確かに普通のステータスだった。むしろ、平均よりも低いくらいだったはずだ。

にもかかわらず、これは……。

（……加護、か？）

それしか考えられない。だが、それでも考えられない。

〝貴女は愛する人の望むままに……〟だったか。

百歩譲って、ＭＰと耐久が増えたのはいい。僕が無意識に望んでいた可能性も否めない。

だが、意思力。これを、一万倍になるほど望んだ記憶はない。無意識にですらありえない。これを望むくらいなら魔力を一万倍にしている。そのほうがよっぽど戦力に結び付くからだ。

一方で意思というステータスは別に直接的な戦闘力に結び付くステータスではない。いらない、とまでは言わないが、この意思というステータスにボーナスポイントを振る冒険者は少ないだろう。

いい機会なので、ここで一度すべてのステータスについて復習しておこう。

まずＨＰ。これは、全生命力を数値化したものだ。この数値が残っていればいるほど死から遠い。しかし、この数値は絶対ではない。たとえば、だ。ＨＰがいくら残っていようとも人間が首をかっ切られて長時間生きていられるだろうか。

答えはＮＯだ。首を切断されたり、心臓を潰されたりの致命傷を負った場合、ＨＰは急速に消耗しすぐに死に至る。「いやー、胴体真っ二つにされたけど、ＨＰが高かったから助かったぜ！」ということはないのだ。

ＨＰは、毒などに冒された場合に残された時間や傷の深さを把握する物差し程度に考えたほうがいい、と冒険者の間では言われている。

もっとも、それが生命力を表す数値である以上、高いにこしたことはなく、高ければ高いほど傷の治りも早いので、ボーナスポイントをＨＰに振る人間も多い。

次にＭＰ。これは簡単だ。どれだけ魔法スキルを使えるかの数値。魔法使いなどにとっては継戦能力に直結し、他のクラスでもＭＰがなくなれば攻略を切り上げるのが普通だ。ちなみに、よく混同されるのだが、ＭＰと精神力に関係はなく、ＭＰが枯渇しても気絶することはない。

これらＨＰとＭＰは生まれながらにＬＶアップで上昇する数値が定められており、どちらがより増加するかでクラスの傾向を判断する者も多い。

そして、次に身体能力を表す筋力、反応、耐久、感覚、魔力、意思についてだが……。

筋力は、その名のとおり筋力の強さを表す。肉体の出力を表すといってもいい。筋力が常人の二倍なら、二倍の握力を持つ……となるかは筋肉の付き方にもよるが、低くなるということはない。この値が高ければ高いほど重い物が持てるようになるし、走ったり泳いだりする速度も、基本的には速くなる。

反応は、筋力と対をなすステータスだ。これが低いと、筋力を十分に使いこなすことができない。たとえば、同じ傾向の筋肉の付き方をしたＡとＢの二人の人間がいて、Ａは筋力が５・00で反応は１・00、Ｂは筋力が３・00だが反応も３・00だとする。どれだけ速く動けるかは肉体の出力である筋力が関係するので、一見Ａが勝ちそうに見えるが、実際に走らせるとＡはＢに勝てないということが起きる。向こうの世界の知識になるが、これは、車を例に考えるとわかりやすいかもしれない。筋力がエンジンの出力、反応がコーナリング性能だ。いくらエンジンの出力が高くても、コーナリング性能が低ければ、けっきょくカーブでスピードを落とさないといけない、ということだ。

反応ばかり高くても根本的な部分で筋力がなければ意味がなく、筋力ばかり高くてもそれを生かす反応がなければ意味がない。これが、筋力と反応がセットで扱われる理由であり、よって、良い冒険者になるためにはこの二つの値のバランスをうまくとることが求められる。

耐久は、ＨＰとは別の意味で生命に直結する。この値が表すのは、単純な肉体の頑丈さや体力、毒や麻痺などへの免疫力であり、これが高ければ高いほど冒険で死ぬ危険は下がる。……といっても、僕がゴブリン達の波状攻撃に嵌められたように、いくら耐久が高くても一はダメージを喰らうため、最後に頼ることになるのはＨＰとなる。よく、耐久があればＨＰはそんなに要らねぇよという奴がいるが、そういう奴はだいたい長生きできない。

感覚。これは少し複雑なステータスだ。まず基本的な五感の鋭敏さはもちろんとして、手先の器用さも上がり、さらに技術の習得率も上がる。弓を始めとした遠距離攻撃の命中率にも関係し、これ一つで様々な恩恵が得られる。冒険者として大成しようと思っていない連中の中には、ある程度ＬＶを上げてボーナスポイントを稼いだら、感覚に全振りして市井《しせい》に下っていく連中も多い。

ちなみにこれは完全な余談だが、弓を主武器とするエルフはたいていこの感覚が非常に高くなるため、伝統的に細工物が上手いのだが、なぜか料理だけは壊滅的な者が多い。普通、感覚が高くなれば味覚にも優れるので繊細で上品な料理を作りやすくなるはずなのだが、エルフはとにかく飯マズで有名である。なお、これはエルフ自身も気にしており、言うと涙目で怒ってくるので注意が必要だ。

さて、残るは魔法関連のステータスとなる魔力と意思だが、この二つの関係は、筋力と反応のそれに似ている。

魔力は、その名のとおり魔法の力強さだ。この値が高ければ高いほど魔法の威力が高くなる。魔力がすさまじく高ければ「今のは余のメッラだ」が普通にできるようになる。ちなみに、メッラとは『ドラグーンクエスト』というゲーム、通称〝ドラクエ〟に出てくる最弱の火炎魔法である。

最後は、意思、だ。これは感覚と同様複雑なステータスで、魔法関係に焦点を絞るなら、意思が高いほどより高度な魔法を扱うことができるようになる。逆に、意思が低くければいくら魔力が高くても、「今のは余のメッラだ。……余はこれしか使えない」ということになりかねない。また、意思を上げることで魔法の威力を安定させることができる。たとえば、50〜250の範囲のダメージを与えることができる魔法があったとして、意思が低ければこの下限から上限までランダムにダメージが出るが、意思が高ければ250が安定して出る。意思が低ければここぞという時に50しか出ないこともあるため、筋力と反応の関係にたとえられることもある、というわけだ。

しかし、意思の値が影響するのはそれだけではない。魔法攻撃や精神異常、痛みなどに対する耐性にも影響するのだ。そのため、意思は盾職では耐久に並んで重要視されることもある。意思が高い者は、自分よりはるかに強大な敵に挑むことも、仲間を守るため敵の凶刃に自分の身を晒すこともできるからだ。ちなみに、ゲーム的にはあまりにレベル差の激しい敵と遭遇すると、ランダムで「○○は怯んだ！」となって行動がワンターンキャンセルされる。意思は、その確率を下げる……あるいは無効化してくれるのだ。

これだけ広範囲に影響があるわけだが、じゃあ積極的に意思の値を上げていくかと問われると、首を傾げざるをえない。なぜなら、広範囲に影響するがゆえに、ステータス値をよほど上げないと、そうした諸々の変化に対する実感が、他のステータスほど得られないからだ。

ないと困るけど、そんなに高くするのはボーナスポイントがもったいない。……そんな微妙なステータスなのだ、意思は。

とはいえだ。エリーゼほど意思が高くなると話は別だ。

これほど意思が高くなれば魔法攻撃はろくに効かないはずだ。つまりそれは、もはや魔法無効化に等しい。

どんな強大な敵にも向かっていくことができるだろうし、腕が千切れ飛ぼうとも平然と戦闘を続けられるだろう。

…………あくまでも、ステータス上の数値を見るならば、だが。

そう、普段のエリーゼを見ていると、とてもそんな風には見えない。

どこからどう見ても外見は普通の少女にしか見えないし、内面にそんな化け物じみた意思を秘めているとは思えないのである。

ゆえに、ここで一つ疑問が出てくることになる。すなわち、「このステータスカード、バグってんじゃねぇの？」……だ。

無論、普通はステータスカードが異常をきたすことなどありえない。だが、意思一万超えというのもまた同じくらいありえないのだ。

このエリーゼの異常なステータスが、本当なのか試す必要がある。

とはいえ、どう試せばいいのか。

本当なら魔法が効かないはずだから魔法をぶつけてみる？　馬鹿か。本当じゃなかったらどうする。

痛みに耐性があるはずだから、痛めつける。……同じく却下。

強大な敵に挑ませその意思力を試す。いいね。試しにオリオールにでも特攻させてみようか。死ぬだろうけど。……当然却下。

……意思。これが意思でなければ、こんなに悩むことはなかっただろう。筋力なら重い物を持たせればいい。魔力なら魔法を撃たせればいい。だが、意思。他人の内面を測るのは非常に難しい。

考えて。考えて。考えて。

出た結論は、どんなに頭の中で考えたって無駄、という当たり前のことだった。

だから僕はもう考えるのをやめた。

エリーゼは、可愛く、エロく、従順で、気持ちいい最高の奴隷。ここにちょっとステータスが異常という特徴が加わるくらい、たいした問題じゃあない。

僕はそう無理やり自分を納得させると、エリーゼを裸に剝き、一発ヤって寝た。

完全な現実逃避だった。

さて、翌朝である。

え？　昨日？　なんのこと？　あぁ「昨日はお楽しみでしたね」って？　ありがとう。どういたしまして。

さぁそれじゃあ今日の続きをしようか。といっても、やることはいたってシンプルだ。エリーゼは迷宮への出入り、僕はザコーン集め。それだけ。

そんな面白みのない作業を、イテテ、イテテと言いながら続けていると、午後になってようやくザコーンを百体確保することができた。

部屋の中には、ザコーンが無数にふよふよと浮いており、一種のモンスターハウスと化していた。

これなら、どこを狙い撃ってもザコーンをぶっ殺せるし、初心者のエリーゼも簡単に三称号を手に入れることができるだろう。

ゲームでは実現不可能な、現実だからこそできる裏技。

他にもこういった抜け道はいくつも存在するだろう。

僕は脳内の称号、スキル取得リストからそんな称号やスキルを検索しながらエリーゼを迎えにいくのだった。


そして。

［メインステータス］
■エリーゼ＝魅了　■LV＝2
■HP＝547／27（＋520）　■MP＝650／220（＋420）
・筋力＝0・95（＋31・00）　・反応＝1・40（＋36・00）

・耐久＝9・31（＋21・00）　・魔力＝2・20（＋16・00）
・意思＝13459・25（＋21・00）　・感覚＝1・30（＋31・00）
■ボーナスステータス＝1・00

僕はエリーゼの即戦力化に成功したのだった。

第十四話『伝説の　神々の　理想郷』

エリーゼの即戦力化を始めて三日目、僕達は『伝説の　神々の　理想郷』を訪れていた。

迷宮入り口の周囲には、頑丈な石造りの要塞が在《あ》り、それはまるでこの中に封じられている存在を恐れるように、この迷宮に蓋をする形で建てられていた。

事実、地上の人間達は、この迷宮最奥に封じられているという魔神の復活を恐れて、この要塞を建てたのだろう。

しかし下々の人間にとってはそんなことは関係ないわけで、普段ここには迷宮に潜る冒険者や、そんな彼ら相手に商売にいそしむ屋台が立ち並んでいて、極めて賑やかだ。

もっとも、今は初心者殺しの噂の影響か、平時よりもずっと人は少ないようだが。

……実はここには一度来たことがある。

僕はこの迷宮に何の備えもなく潜り、そして当然のようにコボルトに敗れ、死んだ。

しかしここで死んだはずの僕は、見たこともない部屋で再び目覚め、そこでこの世界、『迷宮のアルカディア』の攻略法を知ったのだ。

つまりここは、僕の始まりの場所。

今の僕の原点………。

「ケインくん？」

ふと気づくとエリーゼが僕を心配そうにのぞき込んでいた。

「ああ、大丈夫。ちょっと考え事してただけ」

そう言ってエリーゼに微笑み返すと、僕は迷宮へと足を踏み入れた。

この迷宮は、全百階層となっているが、一階層ごとにその階層の主となる小ボスが、十階層ごとに小ボスよりもちょっと強い中ボスが存在している。それに加え、特定の階層にはシナリオ上の各章のボスとなるストーリーボスが存在し、今回僕達が倒そうとしているオリオールもそのストーリーボスである。

オリオールは十階層のボスを倒すと同時に登場するため、初見プレイヤーは苦しい連戦を強いられることになる。

そのうえ、オリオール覚醒イベントを見たあと奴隷カスタムに夢中になって攻略を放置していたりすると、とうてい倒せる強さではなくなってしまい、下手をすると最初からやり直しということもありえる。このへんは初期からやりこみ要素を開放している制作サイドの意地悪さのようなものがうかがえる。

からくりさえわかってしまえば、称号でブーストしたあと覚醒イベントの次の日あたりに一気に十階層まで踏破してヘロヘロの状態のオリオールを倒せばいいだけなので、まだ序盤のシナリオボスだけあって本来ならそんなに難しいイベントではない。

正直、称号ブーストをしていなくてもオリオールは倒せるようにできているので、称号ブーストした今なら鼻歌交じりに倒せるはずだ。

ただ一つ注意しなくてはいけないのが、魔人は〝人類特攻〟というスキルを持っているということだ。これは魔人特有の必殺技で、防御力無視の大ダメージを与えてくる攻撃だ。しかもソウルドレインという魔人戦限定の状態異常も付加され、ＨＰを毎ターン吸収される。そしてこの状態異常は、魔人を倒すまではどうやっても治らない。

これをＬＶが低いキャラが喰らうと、下手をすると即死、そうでなくても毎ターンＨＰを削られて、何ターンかあとには死ぬことになる。

この世界では、死は絶対だ。死んだキャラは、購入した奴隷はもちろんエリーゼのような固定キャラでもロストしてしまい、けっして復活できない。主人公が死んだ場合は即ゲームオーバー。

つまり、キャラの死亡に非常に厳しいゲームなのだ。

まぁ、死んでも生き返る世界自体が異常なわけで、だからこそ僕は、この世界がゲーム世界そのものではなく、なぜか『迷宮のアルカディア』というゲームに非常に似ているだけの〝現実〟だと考えているのだった。

「今日は一気に三階層まで進もうと思う」

「え？　一気に？」

僕の提案に、少し驚いた顔をするエリーゼ。

それも当然で、本来迷宮の攻略はスムーズに進んでも一層に一週間はかけるのが普通で、地図が販売されている五階までの低階層でも、二日はかけるのが一般的だからだ。

それを一日で三階層まで攻略するなど、正気ではない。

宿屋の娘だったエリーゼはそれを知っているのだろう。

だが、それは実力相応の者の話。

今の僕らなら、敵は鎧袖一触《がいしゅういっしょく》。不意打ちによるクリティカルだけを警戒していればいい。

加えて、五階層までなら地図もあるし、三階層まで一日で踏破するのは、不可能ではないはずだ。

もちろん、ここまで無理をするのには理由がある。

それは、オリオールが眠っていた場所の確認をどうしてもしたいからだ。

ゲームでは、主人公が三階層のとある地点を通ったあと、オリオールが目覚めるイベントが発生する。その後主人公が迷宮を探索するたびに、あるいは日数経過により、街で初心者殺しの噂が語られるイベントが挿入される。そして主人公が十階層の敵を倒すとオリオールと遭遇。魔剣が覚醒し、主人公が魔人を倒す、という流れだ。

僕が見たいのは、そのオリオールが眠っていた地点。

最初に主人公が通った時には――というのはゲームの流れで、今回僕はまだそこを通ってはいないわけだが――ただの一本道だった場所に、オリオール復活後は亀裂が入っており、その先には小部屋が在るはずだ。そして、部屋の中には砕けたクリスタルの破片のようなものしかないはずだが、これこそオリオールが眠りについていた結晶であり、もしこれがあるようなら、オリオールの復活は確実というわけだ。

「どうしても急ぎで確認しておきたいことがあるからね」

「う、うん。わかった」

とまどいながらもうなずくエリーゼ。

それを確認すると僕は地図を取り出し、最短距離で進む。

一階層に出てくるのはコボルトオンリーで、特殊な武装もない。『伝説の　神々の　理想郷』は敵の数も四～五体とパーティー単位なので、数で押されることもない。

僕は敵が出てきた際にはエリーゼに倒させ、彼女に経験を積ませることにした。

「エリーゼ、この先にコボルトが一隊いる」

強化された感覚によりこの先に潜む敵を感知した僕は、エリーゼに静かにささやいた。

「う、うん」

「今回はエリーゼ、君がメインで倒してみるんだ」

「えっ⁉　私が？」

「そう。もちろん壁役として僕がエリーゼを守るから安心していい。けど倒すのは君がやるんだ」

エリーゼは称号ブーストにより大幅に強くなることに成功したが、それはイコール彼女が強いことにはつながらない。

こうして実戦の場で動き回る敵に攻撃を当て、かつ仲間には絶対に当てないようになるには、慣れが必要なのだ。

現状でも高能力のステータスがごり押しを可能としてくれるため、低層ではなんとかなるだろうが、いきなり高難易度の敵と当たった際は、その不慣れを利用される可能性もある。

ゆえに今からこうして慣れさせるのである。

「じゃあ行こうか」

とまどうエリーゼをそのままに進む。

納得させる必要はない。今エリーゼは不安に思っているだろうが、その精神的動揺を克服するのもまた、慣れの一環だからだ。

数十メートルも進むとやがてコボルト達も僕達に気づき、威嚇してくる。

僕もそれに対し構えながら、エリーゼの射線をじゃましないよう、かつ彼女を守れる位置に立った。


「エリーゼ！」

「う、うん！」

エリーゼが構えたファイアワンドが一瞬赤く発光したかと思うと、その先から火球――ファイアーボールが発射された。

高い魔力と意思によって高威力となった火球は、前方に立っていたコボルトの片腕を吹き飛ばし、さらに後方にいたコボルトに命中。全身を爆散させた。

結果だけ見るならば上々。だが僕にはエリーゼが本来は腕を吹き飛ばしたコボルトに当てるつもりで、狙いが逸れて偶然後方にいたコボルトに当たったたことがわかった。

とはいえ、そんなことを知らないコボルト達はそのファイアーボールの威力の高さに唖然とし、腕を失いのたうち回るコボルトを恐怖の眼で見ていた。

「エリーゼ、次！」

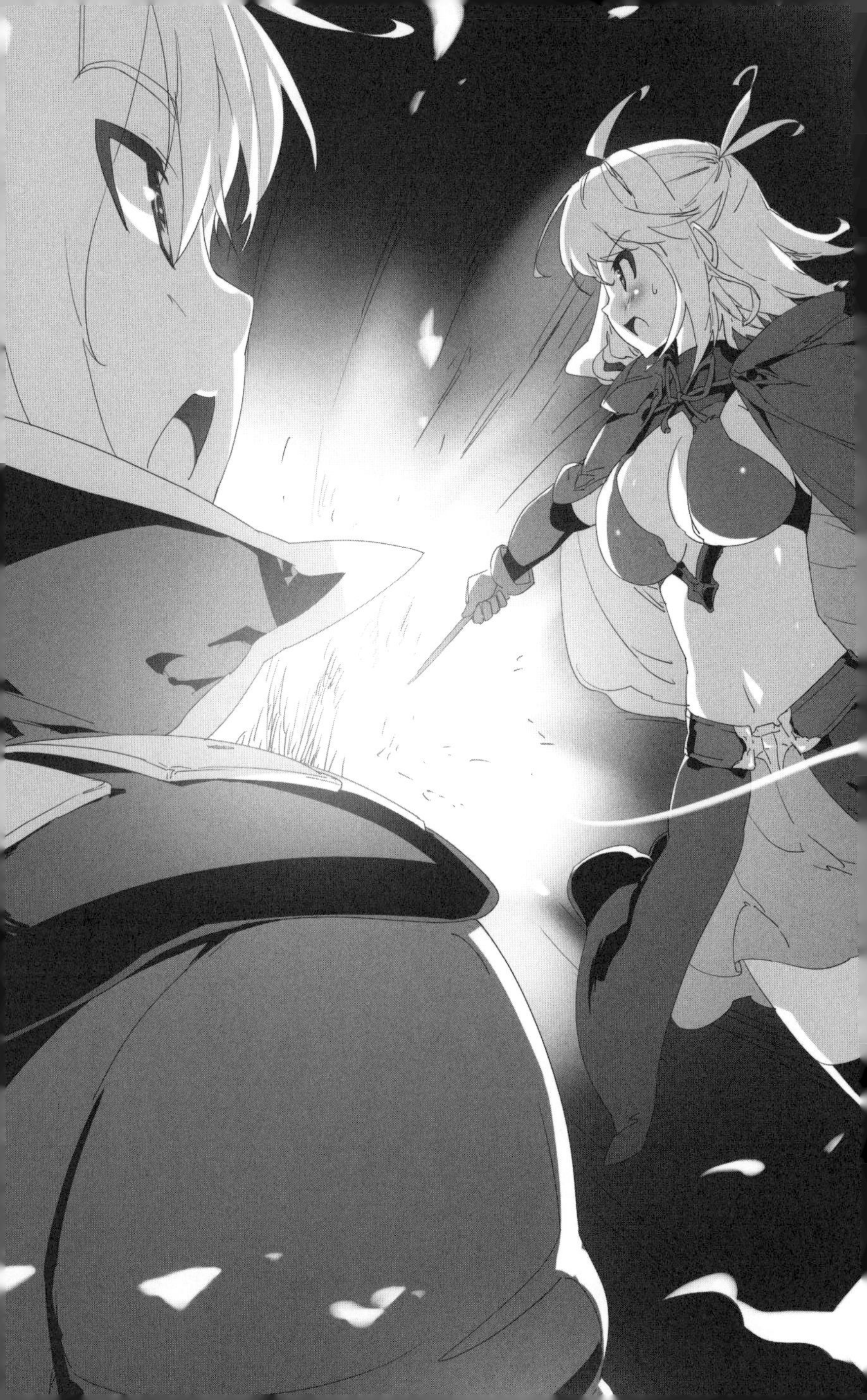

「フ、ファイアーボール！」

僕は呆然としていたエリーゼを叱咤《しった》し、どんどん攻撃させる。それで我に返ったエリーゼは次々とファイアーボールを放っていった。

ファイアーボールは当たったり外れたりを繰り返しながらも少しずつコボルト達を殲滅。コボルト達はファイアーボールを避けることに必死でこちらに向かってくることすらなかった。

やがてすべてのコボルトを倒したことを確認すると、僕はエリーゼを振り向いた。

「うーん、コボルト五体に対してファイアーボール十三発か」

「…………」

うつむくエリーゼ。

彼女の称号ブーストされた感覚なら百発百中でもおかしくないはずだが。

とりあえず僕は褒めた。

「ま、初めてにしては良いんじゃないかな？」

「え？」

「や、実質初陣《ういじん》だからね。悪くない戦闘だったと思うよ。次からはもっと落ち着いてやってみたらもっと当たるんじゃないかな？」

「う、うん！」

パッと顔を明るくするエリーゼ。

消費したＭＰ以外に損失がない以上ここで叱っても得られるものなどないし、そもそも近接型の僕には遠距離型の攻撃の難しさなどわからないのだから叱りようもない。

基本的に僕は褒めて伸ばすタイプなのである。尻を叩くのはベッドの上だけで良いのだ。

その後もエリーゼにはコボルトと遭遇するたびに攻撃を担当してもらった。

エリーゼも高いステータスの感覚が摑めてきたのかどんどん上達し、一層の小ボスの前に来るころには一層のコボルト相手ならほぼ必中するようになっていた。

一層の小ボスはコボルトリーダーとその取り巻き四体であり、リーダーは二ターンに一回取り巻きを四体まで補充する応援スキルを持っていた。

当然そいつを最初に狙い、リーダーは増援を一度も呼ぶことなく死亡。とまどう取り巻きを一体ずつ始末し一層を突破した。

次の二層もコボルトがメインだったが、ここからは素早い動きでこちらを攪乱《かくらん》してくるラットバットが出現する。

ラットバットは、ネズミに蝙蝠の羽が生えたモンスターで、攻撃力は低いが病気のバッドステータスを付与してくる。

病気のバッドステータスになると他の状態異常にかかりやすくなり、またステータスも％で減少するのでかなりうざい。

このバッドステータスはたいていの場合ポーションで治るが、重篤なバッドステータスは街に戻って治癒院で治療しなくていけないので、かなり厄介なのだ。

しかもポーションは高く、序盤にしてプレイヤーはイライラしながら進むことになる。

まぁ今回は僕達の耐久ならよほどの低確率を引き当てない限り病気になることはないし、ポーションも山ほど持ってきているので心配することはない。

むしろ序盤にこうした当てにくい敵が現れてくれるのはエリーゼの訓練的には好都合だった。

「あー、もう！　うっとうしいなー！」

戦闘中、エリーゼが苛立ちの声を上げる。

ひらりひらりと飛び、ときおり噛みついてくるラットバットは、ゲームでもうざいがリアルではよりうざい代物となっていた。

エリーゼがこうしてイライラを表に出すのは珍しい。奴隷になってからは初めてじゃないだろうか？　それだけラットバットがうっとうしいのだろう。

そんな彼女に苦笑しながら僕はアドヴァイスを一つ贈る。

「もっと感覚に集中するんだ。当てることじゃなくて、相手の動きに集中してみて」

「うん！　わかった！」

強く頷き返したエリーゼは闇雲にファイアーボールを撃つのをやめ、ラットバットを観察しだした。

そしてしばらくしてから彼女が素早くファイアーボールを放つと、それは見事にラットバットをとらえた。

「やったぁ！」

「いいね！　その調子！」

「うん！」

天真爛漫に笑うエリーゼの姿は僕の奴隷になる前に見せていたのと同じもので、なぜか僕はそれに不思議なうれしさを覚えていた。

その後もエリーゼはラットバット相手に魔法射撃のコツをつかんでいき、八割方当たるようになったころ、僕達は二階層最奥に到達した。

ここの小ボスはビッグバットといい、犬サイズのラットバットなのだが、それが逆に当てやすく、むしろ取り巻きのラットバットのほうがうざいくらいだった。

あっさり倒したビッグバットは命中率を上げる蝙蝠の耳飾りを落としてくれたので、それはエリーゼに装備させた。

そして僕達は目標の第三階層へと下りていった。

僕が確認したかった一本道は、三階層の入り口からすぐのところにあった。おそらくプレイヤーが確実にそこを通るためなのだろう。構造上、必ず通る道順となっている。

そして通路の異常は一目で目についた。

（やっぱり……）

僕は一本道の途中に空いた大穴の前に立った。

穴の先は小道となっており、その先にも空間が広がっているのがぼんやりとうかがえる。

これはつまり、オリオールの復活が確定したということでもあった。

……正直、少し期待はしていた。

オリオールが復活したというのは僕の早とちりで、偶然初心者殺しというバカなことをした奴の仕業と結び付けて考えてしまっただけなのではないか、と。

だがこれではっきりした。

オリオールの復活は確かだし、それを復活させたもう一本の魔剣も存在する。そしてその魔剣の持ち主もまた、僕と同じこの世界の攻略法を知る人物——同類なのだろう、と。

「ケインくん？」

振り返ると、エリーゼが険しい顔で穴を見つめる僕を心配そうに見ていた。

「ちょっと穴の中を覗いてくるから待ってて」

「う、うん」

「すぐ戻るから」

そう言って僕は穴の中に入っていく。

穴の中は不思議な冷気があり、それは悪寒となって背筋を駆け抜けた。

ほんの数メートルの小道を通り抜けると、そこにあったのは、一辺二メートルほどの小部屋と砕けたクリスタルの破片。

破片は先客達が持ち帰ったのだろう、大きなものはほとんどなかったが、小粒なものはまだ地面に散乱していた。

その一粒をつまみ上げる。ただ持っているだけだというのに、指先が微かにしびれるような感覚がある。

この結晶は一見ただの水晶のようだが、実際は流れ出た魔人の血液が結晶化したものだ。名をデビルクリスタルという。

デビルクリスタルは持ち主の邪心を増幅させる力を持ち、ここから持ち去られたデビルクリスタルが今後世界中で騒動を起こしていく布石となる。

僕はそれを知っているため、けっしてこの『伝説の　神々の　理想郷』に潜るつもりはなかったし、潜った際にはこの結晶をすべて回収し、破棄ないしは国に提出するつもりだった。

一方、ここを開放した同類が結晶をどうしたかは……ご覧のとおりだ。

……僕は自分でも屑な部類の人間だと思っているし、正義の味方になろうだとか、そんなつもりはない。

だが今、世界が一人の身勝手な人間によって滅ぼうとしているのを、僕だけが知っている。

そう考えると、不思議と胸の内から熱い義務感のようなものが湧き出してくるのを感じた。

「オリオールとこれをやった同類は僕が必ず倒す」

僕は誰もいない部屋で静かに呟き、決意した。

第十五話　エリーゼの父

三階層で目的の場所を確認した僕らは一度街に帰ることにした。

本当なら一刻も早くオリオールを倒してしまいたい。世界が滅ぶかもと思いながらでは夜も安心して寝られはしない。

だから一気に十階層まで駆け抜けていきたい。

だがそのためには準備がいる。

十階層までとなると泊まりがけの攻略となり、野営道具一式が必要となる。

今回、最初からそれを買って潜らなかったのはエリーゼのためだ。

初めての本格的な探索で、しかも何日も泊まりがけでは、とうてい持つはずがない。

なので今日は慣らしとして三階層の入り口まで潜り、本格的な探索は明日からとすることにしたのである。

迷宮から出ると、あたりはすっかり夕方となっていた。入ったのが明け方だったので、半日以上は潜っていたことになる。

初心者にはさぞキツイ探索だっただろう、そう思ってエリーゼを見ると、彼女はもうクタクタといった様子…………ではまったくなかった。

（そういえば、意思だけなら僕の何百倍もあるんだよな）

耐久も高いし、もしかすると不眠不休で十階層まで行けたかもしれない。

まぁそれをやってヘトヘトで魔人と戦う意味なんてないが。

「じゃあ僕は野営用の装備を買ってくるから、エリーゼは食料品を買ってきてくれるかな？」

こと食材の目利きに関しては宿屋の娘のエリーゼに任せたほうがいいだろう。

「うん、何日分くらい？」

「余裕をもって一週間分くらいかな。水は魔道具で出すからいいよ」

そう言って僕は金貨を一枚彼女に渡した。

「こんなに？　多すぎるよ」

そう言って返そうとしてくるエリーゼを手で制す。

「ただでさえ気が滅入る迷宮だからね。少しでもおいしいものが食べたいんだ」

「そういうことかー。うん、わかった、頑張るね」

そう言ってエリーゼはふにゃりと笑うと、銀髪を翻《ひるがえ》して街へと駆けていった。

それを見送ると僕も順々に店を回りはじめた。

敵が来た時にすぐさま脱ぐことができるような特殊な寝具。コンパクトで嵩張《かさば》らない携帯調理道具。敵の接近を知らせてくれる結界道具。そして着火や飲み水を出してくれる魔道具各種。

どれも野営には欠かせないものであり、それだけに商店も足元を見ているのか強気な値段設定。

まぁそれでもプチ成金な僕には払えない額ではなく、良いな、と思ったものを金額に拘《かかわ》らず買っていく。

（って言っても、これを使うのは今回だけかもな）

そう考えると酷く無駄遣いをしている気もした。

今回だけ、というのは、十層を攻略して魔人を倒すと、国から褒賞《ほうしょう》を貰えるからである。

当然だ、国どころか世界を滅ぼしかねない危険を未然に防いだのだから。

もらえる褒賞は、多少の金品と転移のクリスタルと勇者の称号の三つ。

転移のクリスタルは、一度行ったところなら一瞬で転移できるという重要アイテムで、勇者のみが所有を許される代物だ。これにより主人公達の迷宮攻略は格段に楽になるので、やりこみがメインのプレイヤーも十層までは攻略するのがセオリーだった。

勇者の称号は、国が極めて重要な働きをしたと判断した人物に贈るもので、称号というよりは身分に近い。ちなみに神に認定されるものではないので、これを持っていてもステータスに変化はないが、社会的ステータスは段違いに変わる。

まず身分としては伯爵以上の貴族と同等とされ、貴族年金も支給される上、税金も一部免除される。一定以上の社会的ステータスを必要とする店（高級武具店、高級奴隷商、高級娼館、オークションハウス等）にも入れるようになり、国外への旅行もフリーパスだ。

まぁ代わりに国からいろいろと面倒な依頼をされたりするので、そこを嫌がるプレイヤーはあえてこの称号を取らなかったりするのだが。

というわけで、十層攻略以降は迷宮に行ってもすぐに戻ってこられるようになるので、野営の道具はこの序盤でしか使わないのだ。

一通りの買い物が終わった僕は、エリーゼとの待ち合わせ場所……というか泊まっている宿屋へと帰ってきた。

時間的にはエリーゼのほうが短くすむはずだからもう先に部屋へ戻っているかもしれない。

そう思っていたのだが、エリーゼは律儀に宿の前で待っていてくれたようだ。

エリーゼに声をかけようとして、僕は彼女の様子がおかしいことに気づいた。

どうも何やら男に絡まれているようだった。

元々美人だったエリーゼが、加護の影響もあって最近はまさに絶世の美女と呼ぶにふさわしいほどの美貌となっている。こうして無警戒に街角に立っていれば、誘蛾灯《ゆうがとう》のごとく虫けらどもを呼び寄せることになってもおかしくない。

そしてそうなった時、それを追い払うのは主人たる僕の役目である。

僕はエリーゼに駆け寄ると男との間に割って入る。

「ケインくん」

エリーゼの驚いた声を背に、僕は男へと言う。

「うちのエリーゼに何か？」

男はよく見ると薄汚れた感じの中年の男だった。

てっきり軟派男か何かだと思っていたのだが。

男のほうも僕を見てなぜか絶句していた。

「お、お前は……！」

「？」

「お前は……、そうか、そういうことか！　全部お前のたくらみだったんだな！」

男はそう言うと突然僕につかみかかってきた。

「か、返せ！　エリーゼを、娘を返せ！」

娘？

そうか、コイツ、あまりに変貌しているからわからなかったが、よく見たらエリーゼの父親じゃないか。

「返せ、と言われても……」

そもそもエリーゼは親父さんのものでもない。ましてや借金まみれのギャンブル中毒の許に返しても、また誰かにはめられてエリーゼを奪われるだけだろう。

「お、お前がし、仕組んだんだろう！　う、うちのエリーゼを手に入れるために！　チンピラにエリーゼを襲わせて、お、俺を破産させて、エリーゼを奴隷に落として手に入れるために！」

とんだ名推理だった。

チンピラが襲ってきたのは奴らがそういう習性だったからだし、親父さんが破産したのは漆黒の闇に借金してまで賭けたのが悪いんだし、エリーゼが奴隷に落ちたのは僕としても想定外だったんだけどなぁ。

まぁチンピラの件は事前に知っていたわけだから、仕組んだと言われればそういう見方もできるかもしれないが。あと親父さんの破産のきっかけとなった漆黒の闇も僕なわけだが……。

あれ？　こうして考えるとちょっと僕も悪いかも？

一瞬そう思っていると、エリーゼが親父さんを強引に引き剝がした。

「え、エリーゼ……」

「もうやめて、お父さん。私はもうケインくんのものなの。それが幸せなの。だから、邪魔しないで」

「…………」

エリーゼの強い意志の籠った眼差しに、親父さんは気圧《けお》されたように後ずさる。

「帰って」

「え、エリーゼ、俺は……」

「帰って、お父さん。お父さんは他人に構っている暇なんてないでしょ？　他人のせいにばかりしてないで、自分のするべきことをして」

「…………」

その言葉に親父さんはよろめくように去っていった。

「エリーゼ」

「ごめんね、ケインくん」

「別にいいよ」

それよりも、せっかくの親父さんとの再会があんな形で終わってしまってよかったのだろうか？

僕としてもあの親父さんにはあまり好印象はないものの、親父さんなりにエリーゼを愛していたことは確かだし、ああいうことにならなければ家庭環境もうまくいっていたのではないだろうか。

僕がそう思っていると、エリーゼは静かに首を振った。

「ね？　部屋に戻ろう？　私達の部屋に」


「……ケインくん」

部屋に着くなり、エリーゼは僕に抱きついてきた。

「…………エリーゼ？」

「ね……エッチしよ？」

熱を帯び潤むエリーゼの瞳……。そこに欲情以外の何かが過った気がした。

僕は一瞬、それが何なのか問おうとしたが、結局、僕をさらに強く抱きしめてくるエリーゼに何も聞くことができなかった。

「そうだね……体も汚れてるし、風呂に入りながらしようか」

「うんっ」

そのまま二人でじゃれつくように服を脱がしあう。

胸をはだけると、ぷるんと大きく形の良いおっぱいが零れ落ちた。

「あっ……」

ふるふると揺れるおっぱいに僕は吸い付いた。

そのまま片手でもう一つの乳首をいじる。

「あ、ん、ふぅ」

声をかみ殺すエリーゼは、もどかしげに艶やかな足を僕に絡めてきた。

僕はその足を抱え上げると、胸に顔をうずめたまま風呂場へと歩きだす。

「きゃっ」

「はは、お風呂まで案内してよ」

「あは、うん。そう、そのまま、あん、まっすぐ……」

顔全体でおっぱいの感触を感じながら一歩一歩進んでいくうちに、風呂場に辿り着いた。

出かける前に風呂を焚いておくように言っていたので、浴槽にはなみなみとお湯が張られていた。

エリーゼを下ろし、互いにお湯をかけあう。

するとエリーゼは石鹸を手に取ると、それを自分の体に塗りたくりはじめた。

「ふふ、洗ってあげるね」

背中に二つの柔らかいふくらみが押し付けられる。

ぬるぬるのおっぱいは、何とも言えない感触で、ゾクゾクとした快感が背筋に走った。コリコリとした乳首もまた良いアクセントになっている。

自然と我が逸物が臨戦状態となり、夜の宝具としての能力を解放しだした。

風呂場にフェロモンが充満し、メスの体を強制的に発情させていく。

「あは、おっきくなった」

艶みを増した声でエリーゼが耳元で囁いた。後ろから手を伸ばし僕の逸物を擦る。

白魚のような指でち○ぽを撫でまわされると、否応なしに射精感がこみあげてきた。

「く、エリーゼ、咥《くわ》えてくれ……」

「うん……」

エリーゼは僕のち○ぽの前に跪《ひざまず》くように四つん這いになると、しばしその匂いをソムリエのように愉しんでいたが、やがてパクリとち○ぽを咥えてくれた。

「くぁ……」

敏感な亀頭がねっとりとした口内に包まれ、膝がはねた。

繊細な動きの舌が、絶妙な動きで亀頭を舐め回す。重たげにたゆたゆと揺れる乳房も僕の興奮を助長した。

「いいよ、エリーゼ、最高だ」

僕はそう言いながら揺れるおっぱいに手を伸ばし、揉みしだいた。

だがエリーゼはフェ○チオに夢中になっているようで、僕の言葉に反応することなく、うつろな瞳で一心不乱にち○ぽを舐め回すだけだった。

そうして責められているうちに、僕も限界が来る。

「エリーゼ、出すぞ！」

「ン………んん！」

ドクッドクッ、と僕の精子がエリーゼの口内へと注がれていく。たまっていたせいか自分でも驚くほどの量の精子が出たが、それをエリーゼは一滴もこぼすことなく飲み切った。

「あは、飲めたよ」

そう笑うエリーゼの唇の端からは、わずかに飲み干せなかった精液が一筋垂れていて、それがどうしようもなく間抜けで……エロかった。

垂れ落ちそうな精液に気づいたエリーゼは、それを恥ずかしそうに指ですくうと、ぺろりと舐めとった。

僕はそれがいじらしく、エリーゼを押し倒すとそのまま一気にち○ぽを挿入した。

「ああ！　い、きなりぃ……！」

エリーゼが苦し気な、それでいて快感に歪んだ声を出す。

濡れそぼった膣内は愛撫らしい愛撫をしていないにもかかわらず大洪水を起こしており、膣肉は柔らかく淫靡《いんび》にペニスを包み込んでくれた。

そのまますぐには動かず、僕はクリ○リスの皮を剝くとコリコリとつまみあげた。

「ああ！！！　それダメ！」

エリーゼは、悲鳴に近い声をあげると一瞬体を硬直させ、その後ビクビクと痙攣しだした。イッたのだ。

それに僕は得も言われぬ優越感と嗜虐心を感じ、そのまま激しくピストンを開始した。

「あぐぁ……！　ダメ、ダメ、ダメ！　まだイッてるからぁ」

顔をゆがめ歯を食いしばるエリーゼは一見苦しげだが、その眼は快楽に震えこの先を欲しているのは明らかであった。

僕はただピストンするだけでなくGスポットを的確に穿《うが》っていく。

するとエリーゼは一突きごとに潮を吹き、半狂乱になって悶《もだ》えた。

「う、あ、ああ、も、もう、イクッッッ！　また、イックウゥ！」

再びの深い絶頂。しかし僕は止まりなどしない。

「ああ！　まだ！」

絶頂、絶頂、絶頂。

相次ぐ絶頂にエリーゼがアクメから戻ってこられなくなっても僕は執拗にGスポットとポルチオを穿ちつづけた。

「アァアアッッ！　ぐうううう、う、あ、あ！」

理性を完全になくし獣のように悶えるエリーゼ。

そのとろけ切った瞳を見つめながら、頭の片隅に一瞬、「明日、探索できるかな？　これ」という思考が過ったが、それもすぐにどうでもよくなり、よりエリーゼを責め立てるため、そして僕自身がより深い快感を得るため、僕はさらに腰を突き入れるのだった。

第十六話　二枚舌《ダブルディーラー》

「いいぞ、エリーゼ！　そのままバックアップしてくれ！」

「うん」

エリーゼの親父さんとの一件から二日後、僕達は迷宮の三階層で戦っていた。

昨晩はエロ行為による消耗を考え三階層入り口まで攻略したところで、野営。

そして今日は、早朝からこうして三階層を攻略しているところだ。

今僕達がいるのは三階層のボス手前の部屋で、出てくる敵はゴブリンだ。

ゴブリン程度、僕達なら瞬殺できるが、僕はあえて手加減して戦闘を長引かせていた。

それは、以前学んだゴブリンの戦略、戦術性の高さを評価してのことだった。

かつて僕は、『群れた　小鬼の　王国』にて、圧倒的に劣るはずの敵に、数の差によって圧殺されかかったことがあった。

そこに出てくるゴブリンは、種族として最低レベルの戦闘力に設定されていたにもかかわらず、飽和状態の攻撃によってじわじわと僕のＨＰを削ってきた。

そこには確かに戦略と戦術があり、それは僕を含めすべての人類が見下してきたゴブリンという種族の知能の高さを再認識せざるをえない出来事だった。

実際、ゴブリンの知能はけっして高くない。これは常識だ。迷宮の外にもモンスターは存在し、僕が住んでいた村の周辺にもゴブリンはいたが、子供が作った罠でも殺せるということで有名だったほどだ。この世界の子供は、安藤礼《あんどうれい》の世界の子供がカエルを空気入れで破裂させる遊びをするように、ゴブリンを悪戯《いたずら》で殺して遊ぶのである。

だがもし僕の村の子供達がこの迷宮のゴブリンを罠にはめて殺そうとしても、逆に罠にはめられて殺されるのがオチだろう。

それだけ迷宮の外と内ではゴブリンの性能に差があるのだ。迷宮によってゴブリンの性能が強化されているのか、あるいは外のゴブリンが「退化」しているのか……、それは誰にもわからない。

ただ、それは今重要じゃない。僕達にとって重要なのは、ここのゴブリンと戦うことで、戦術を理解した集団との戦闘経験、つまり対集団のノウハウが学べるということだ。これは特に対人の戦闘経験が皆無なエリーゼにとって重要だった。

なぜなら、人間の最大の敵は人間であり、そしてこの人間という敵は迷宮の内外にかかわらずどこにでも出現し、しかもその強さはピンキリという最悪の存在だからだ。

ゆえにここで、多少の時間を割いてでも経験を積んでおく。

ここでの経験は、対魔人戦においてもきっと有効であると信じて。

「これで、最後！　ファイアーボール！」

エリーゼの杖から放たれた火球が最後のゴブリンの頭を消し飛ばす。

その火球は今までのスイカサイズの物とは違い、野球ボールほどの大きさであったが、その速度は段違いで速くなっており、体感で二、三倍は速く見えた。

「……うん！　ファイアーボールのアレンジもだいぶうまくなったね！」

「えへへ」

僕の掛け値なしの称賛に照れ臭そうに笑うエリーゼ。

今のファイアーボールは、通常のファイアーボールをアレンジした、言わばファイアーボール改である。

魔法は、意思のステータスによりある程度アレンジを加えることができる。ＭＰを増やすことで威力の底上げをしたり、同じ消費ＭＰでも大きさを犠牲にして速さを上げたり、威力を犠牲にして大きさと速さを上げたりと様々だ。

ただしその呪文ごとの上限は存在し、火球の呪文にＭＰをいくらつぎ込んだとしても最強の呪文になったりはしない。その呪文に上乗せできる容量というべきものが決まっており、それが呪文の等級の目安となっているからだ。

これはゲームの知識には存在せず、この世界の住人だからこそ知りえる知識である。

こうした魔法のノウハウを学ぶ場所として〝学園〟というところが存在し、そこでは魔法に限らずありとあらゆる学問や、冒険者としての知識を教えてくれるらしい。

当然その入学料は目玉が飛び出るほど高く（まぁ今の僕には払えるが）、〝学園〟に所属する、あるいは卒業するというのは、貴族に迫る社会的ステータスだったりする。

……まぁ、そんなところだから最近は貴族の巣窟《そうくつ》と化してきており、僕らみたいな平民の出は肩身が狭い思いをしているらしい。それに、年々生徒と卒業生の質が低下しているという噂も聞くし、

〝学園〟もそう長くはないかもしれない。

……話がズレた。

そうした本来なら深い魔法への知識を必要とする魔法のアレンジがエリーゼにできてしまうのは、もちろん高すぎる意思の賜物《たまもの》だ。

たとえるなら、人間が速く泳ごうとすれば理論的かつ反復的な練習をする必要があるが、魚にはそんな必要がないという話だ。

エリーゼは魔法の知識がないため、今は魔道具の力で魔法を発動するしかないが、この先魔法を自力で習得した暁《あかつき》には、あっという間に大魔導士への階段を駆け上がっていくことだろう。

そしてそんな彼女が唯一傅《かしず》くのは——英雄の僕。

最高の未来絵図だ。

「さて、じゃあそろそろボスの部屋に行こうか」

「うん」

ここのボスはゴブリンリーダーとその取り巻き。ほぼコボルトと同じ構成だが、戦闘力はほぼ同等でも厄介さははるかにこちらのほうが上だろう。

しかしそれもまた、いい経験となる。

それにそろそろエリーゼのレベルが5になる頃合いだ。ボスを倒せば5になるだろう。いや、もしかしたら、もうなっているかもしれない。

エリーゼの固有スキル、【愛の揺り籠】は、セックスした相手のＨＰ、ＭＰ、状態異常を完全回復するスキルだ。初期は一日一回しか使えないし、使うとHP、MPを一〇％消費するが、デメリットを差し引いても素晴らしいスキルだ。

それになにより、スキルを使ってのセックスは普通のセックスとどう違うのか、試してみたい。

（…………ん？）

と、その時。僕はふと妙な気配を感じて立ち止まった。

「…………」

「どうしたの？　ケイ……」

「静かに」

不思議そうな顔で問いかけてくるエリーゼに、声を潜めて言う。

そのまま僕は眼を閉じて耳を澄ませた。

迷宮の中を通り抜ける唸《うな》り声にも似た風の音。闇に潜む魔物の息遣い。それらに混じって確かに聞こえる服のこすれあう音……。

この先に、人間がいる？

「……ふむ」

迷宮内に他の人間がいることは、不自然じゃない。これだけの大きさの迷宮なら、もっといてもおかしくないほどだ。これまで他者と遭遇しなかったのは、単に下層に潜る冒険者——特に初心者の数が減っていたためだ。

だから、こうして他の人間の気配がすること自体は当然と言っていい。

奇妙なのは、彼らが隠れるように息を潜めていることだ。

迷宮内で、こうやって気配を消して隠れる状況といえば、危険な魔物から逃げている途中か……他の冒険者を襲おうとしているかの二択。

そして、こんな浅い階層で危険な魔物など魔人ぐらいしか存在せず、また魔人に遭遇したのならそう簡単に逃げられるものじゃあない。

つまり、この先に潜んでいる奴らは、高確率で敵……〝二枚舌《ダブルディーラー》〟ということだ。

迷宮内の犯罪というのは、その性質上極めてバレにくい。迷宮内で人を殺してその物品を盗んだとしても、死体は迷宮の魔物が処理してくれるし、奪った物も死んだ冒険者の遺失物を拾ったと言えば誰もそれを否定できないからだ。

よって、必然的に街の警邏《けいら》隊なども迷宮内の犯罪行為は見て見ぬふりをすることしかできなくなる。迷宮内の治安維持活動など、いくら人員と予算があってもできるわけがないからだ。

そういった、警邏の限界を逆手にとって、普段は何食わぬ顔で冒険者として生活し、一度迷宮に潜れば薄汚い野党と化す輩を、侮蔑と憎悪の意味を込めて〝二枚舌〟と呼ぶ。

冒険者にとって、〝二枚舌〟は魔物以上の脅威だ。たいていの〝二枚舌〟どもは、自分の適性階層よりもかなり浅い階層で狩りをするため、その階層の魔物とは比べ物にならないほどの戦闘力を有している。

装備も他の冒険者から奪ったもので潤沢だし、なにより実際に襲われるまで敵とわからない場合が多いというのが恐ろしい。

今回の場合、こうして事前に感知できたため不意打ちは回避できたが、もし不意打ちされた場合、エリーゼが人質に取られるなどして窮地に陥った可能性が高い。想像するだけでゾッとする。

（さて、どうしたものか……）

選択肢は二つ。このまま戦うか、あるいは別の道を行くか。

戦う場合、相手の戦力がまったく不明なことが懸念点だ。通常、〝二枚舌〟どもは自分の適性階層よりも十階層程度下を狙うと聞くが、今回の場合、初心者殺しの模倣……というか仕業に見せかけて犯罪を行うつもりだろうから、もっと上の奴らが便乗している可能性もある。だが、適性階層よりも上の戦力を持つという点ではこちらも負けていない上、僕達の初心者丸出しの装備を見て相手が油断してくれることが期待できる。加えて、〝二枚舌〟どもの潤沢な装備や資金を手に入れられるというメリットもある。

対して、別の道を行く場合、今後もオリオールを倒すまではこいつらの脅威を警戒しながら探索しなければならない。今回はたまたま気付けたが、疲れている時は気付けないかもしれないし、オリオールなどの強敵と戦って消耗している時に襲われたら目も当てられない。

つまり、ここで戦わなかった場合、目先の危険は回避できても潜在的な危険はけっして取り除かれないのだ。

もちろん、今やりすごせば再びこいつらに狙われるとは限らないわけで、そういう意味では地雷原に埋まった地雷をわざわざ取り除くかどうか、という話ではあるのだが。

「…………………」

「…………………えっと」

エリーゼを横目で見ると、彼女は突然黙り込んだ僕に困惑したように眼を泳がせていた。

そんな彼女を見て、僕は決めた。

ここは多少のリスクを冒しても戦って、エリーゼに対人戦の経験を積ませよう、と。

僕自身も、闘技場やスラムでの虐殺などの経験はあるが、それは格下とわかりきった相手との模擬戦のようなもので、こうしたリスクの不透明な本当の闘いではない。

そういう意味でも、本当の悪党というものと早いうちに戦って、人間の怖さというものを少しでも知っておいたほうがいいだろう。

これから挑もうとしている魔人の悪意は、人間とは比べ物にならないのだから。

「エリーゼ、よく聞いてくれ……」

僕はエリーゼへと向き直ると、これからの段取りを話しはじめるのだった。


ゾランは、迷宮の陰に潜みながら、間抜けな獲物が通りかかるのをいまかいまかと待ち構えていた。

彼は、冒険者の中で俗に〝二枚舌〟と呼ばれる迷宮専門の盗賊である。迷宮内で、自分より弱い者達から奪い、犯し、殺すと非道の限りを尽くしておきながら、外ではさも真っ当な冒険者のようにふるまっている。

〝二枚舌〟は、同じ冒険者達からは、魔物以上に忌み嫌われる存在であるが、そんなゾラン自身は、

「これが最も賢い生き方だ」と考えていた。

外の世界で、必死こいて官軍から身を隠しながらせこく稼ぎ、やがては取っつかまる山賊や盗賊達。そんな愚かな奴らとは違い、この迷宮内で稼ぐ自分達は、そもそも誰にも調査されず、ゆえに捕まることもない。ノーリスクハイリターンな稼ぎ。

まあ、行商人を襲う時ほど儲かるわけではないが、装備品にしっかりと身を包んだ冒険者というものは、ちんけな旅行者よりもよっぽど金目のものを持っているのだ。安物の剣だって、末端価格は銀貨数枚から。しっかりとした金属製のフルアーマーなど、金貨数枚もする高級品だ。外の世界では、騎士などの軍人しか身に着けていないだろうそんな高級品も、この迷宮都市では新人の冒険者が持っていておかしくない。そんなもの、迷宮ではポンポンとドロップするからだ。迷宮によって、無からお宝が生み出される街……ここは、世界でも有数の金の集まる街なのだ。

真っ当な冒険者が一日に何戦もして必死こいて集めたドロップアイテムも、そいつらを襲撃して横取りすればたったの一回で総取り。日々小金《こがね》を貯めて買っただろう自慢の装備品も、すべて自分達のもの。美人がいれば、迷宮内の一角で死ぬまで可愛がってやるから、性処理にも困らない。飽きた時には殺して隠蔽《いんぺい》。最高の贅沢だ。

これが、賢い生き方でなくて何だというのだ？

そりゃあ、たまには手強《てごわ》い獲物に当たることもある。だが、そんな将来有望な天才だろうと、数という原始的な力の差には敵わない。そもそも、リスクを避けるために自分の適性階層から十層は下で活動しているのだ。それに加えて、数で押せば勝てない獲物などいない。完全なノーリスクだ。

脅威といえば、妙な正義感から上位冒険者グループがたまに迷宮内でボランティア的に自警団のような活動をすることだが、それだってしっかりと獲物を見定めておけばリスクを回避できる。

ゾラン達のグループは総勢十四名。うち四名は、常に迷宮の外で目ぼしい獲物の情報収集と迷宮自警団の行動を把握する役割についている。さらに残りの十名のうち、二名は迷宮入り口付近でその日の獲物の品定め。これは、と思うターゲットが来たら、一名がゾラン達襲撃グループへと報告。残りの一名は、予定外に自警団グループが姿を現した時に知らせに来る役割だ。これをシフト制で行い、報酬は平等に山分けにしている。

リスク回避にリスク回避を重ねた盤石の態勢。

このルーチンを定めてから、ゾラン達の盗賊活動はもはや作業と言っていいほどに安定していた。

ゆえに、今回も、危険など何もないいつもの仕事……そう、ゾランは思い込んでいた。

その二人が現れるまでは……。


その日のターゲットは、若い男女の二人組。白髪に近い銀髪の青年と、月の明かりのような銀髪の少女。

どちらも整った顔立ちと均整の取れた体型をしており、髪の色も似ていることから姉弟かもしれなかった。特に、若い女のほうは、今までにお目にかかったことがないほどの美人で、胸や尻も大きくどこか官能的な雰囲気を身に纏っていた。

武装は、両者ともに軽装。男のほうは魔術刻印入りの魔剣を持っているが、効果は不明。ただの装飾の可能性もある。若い冒険者が、箔を付けたくて思わせぶりな装飾を装備に施すことは珍しくない。防具自体は市販でよく見かけるもので、低階層向きの安物と見受けられた。

偵察役の情報どおりの獲物に、ゾランはそっとほくそ笑んだ。

極上も極上。最高の獲物だ。装備品についてはまったく期待できないが、あの二人の容姿は襲う価値が十分にある。

徒党内の不平不満というのは、単純な金銭だけでは解消できないものだ。そこには少しの娯楽が必要となる。女、というのはそれに最適だ。

——あの絶世の美女を与えてやれば、また当分は配下の奴らは文句ひとつ言わずに自分の言うことを聞くだろう。

——そして俺は、あの男のほうを……。

ゾランは、銀髪の青年を眺めながらギュッとズボン越しに己の逸物を握りしめた。

彼は生粋のホモだった。加えて、極度のサディスト。世の青少年にとって、およそ考えられる限り最悪の存在である。

ゾランは、周囲に潜む手下達に、ハンドサインで合図を送った。

合図を受けた手下の一人が、曲がり角から転《まろ》び出るように二人組の前に出ていく。

その顔は、恐怖に歪み片腕からは血が流れ出ている。

男は、何かを恐れるように後ろを振り返りながら走っていたが、二人組に気が付くとホッと顔に安堵の表情を浮かべ二人組へと駆け寄った。そして涙ながらに、青年の足へと縋《すが》りついた。

「た、たたた助けてくれぇ……！　初心者ころ、殺しだァ！」

迫真の演技だった。見慣れているゾランですら、毎度感心するほどの迫力。

彼は、徒党内でこうして獲物の注意を引く役目を引き受けており、その演技力と自然な流れで足を引っ張る小技で右に出る者はいない。男も、それを自分の誇りと思っているのか、毎回演技のたびに自分で腕を傷つけるほどの気の入れようだった。

つまり流れ出る血は本物であり、痛みを感じる表情も本物。その雰囲気には、〝二枚舌〟を警戒する冒険者ですら何度も騙した実績を持つ。

若く経験もない二人組も当然男の演技に騙されるに違いな――。

「やぁっ！」

「はぇ……？　……イッ、ぎぃぇぇぁああ!!」

（ハッ……？）

それは、目を疑う光景だった。

哀れっぽく助けを求めていた男の口へと、女の持っていた魔道具だろう鉄のワンドが叩き込まれたのだ。

よほどの勢いで突き込まれたのだろう鉄の棒は、口内から頬へと貫通して痛々しい風穴を開けており、砕かれた歯の破片と血液があたりへと飛び散っている。

「ひぎぃぃぃぃ……!!」

悲鳴を上げ、のたうち回る引きつけ役の男。

そんな男を満足げに見やる銀髪の青年と、自分でやっておきながらあわあわと慌てふためく少女という光景は、ゾランすら初めて見る奇妙な絵面《えづら》であった。

(な、何だこりゃあ⁉)

困惑するゾラン達をよそに、二人組はしごくのんびりと話しはじめた。

「よしよし、上出来だ」

「ほ、本当に良かったのかな……この人本当に助けを求めてきたんじゃあ」

「いや、コイツは間違いなく〝二枚舌〟だよ。周囲の気配が証明してる。……っていうか、確証ないのに実行したんだね……エリーゼ」

「え……だってケインくんがやれって言うから」

「いや、うん、まぁ……確かにそうなんだけど、頼もしいっていうかなんというか……正直何の躊躇《ため》いもなくてビビったわ」

「ひどーい！」

「ごめんごめん」

ほのぼのとしたカップルの会話。だがその内容はけっしてゾラン達に看過できる内容ではなかった。

(クソッ、俺達のことをわかってやがったのか！)

そこからの判断は、さすがに早かった。すばやく物陰から飛び出して二人組の前後をふさぐ。

飛び出す時、一瞬相手がこちらの気配を感知できるだけの感覚を持っていることが気になったが、すぐに数はこちらのほうが上だという事実がその懸念を覆い隠した。

そもそも、事ここに至っては、彼らを逃がすことはできない。あの引きつけ役の男とは外でもかなりつるんでいたため、彼らを逃がしてしまった場合、あの男から芋づる式にゾラン達のことがバレかねないからだ。

そして何より、ゾラン達には〝切り札〟が存在する。たとえ彼らがゾラン達よりもずっと格上だとしても、抵抗できるだけの切り札が。

ゆえに、ゾランは心中のわずかな不安を振り払い彼らの前へと飛び出したのだった。


「やってくれるじゃねぇか！　おい！」

お、隠れるのはやめて前に現れたか。まぁ、隠れてるのがバレてるんじゃあ奇襲の意味なんてないしな。まぁそれでもまだ二人ほど隠れているみたいだけど、そっちは保険ってところか。

僕は、定番のセリフを吐いて飛び出してきた男達を前に、悠然と剣を構えた。

しかし、観念して現れてくれて助かった。これでこっそりと逃げられた日には、エリーゼ視点から見れば僕は、助けを求めてきた哀れな男を痛めつけるよう指示を出しただけの鬼畜だもんな。

エリーゼの僕に対する信頼が揺らぎかねない。

……いや、今回のエリーゼの態度から考えて、それでも問題はなさそうだったけどね。

僕がやるように言っておいてなんだが、まさか躊躇《ちゅうちょ》なく攻撃するとは思わなかった。しかも口を攻撃するとか、かなりエグイ。まぁ、あれは目をつぶって勢いよく突き出してみたら口だったたって感じだが。その分、歯をへし折って頬を貫通するとか、普通に殴りつけるよりもヤバいことになっているけど。

その後の、惨状に対する狼狽《うろた》えぶりとかから考えて、エリーゼから他者に対する可哀想とか痛そうっていう同情心や罪悪感が消えたわけではなさそうだし、それでも躊躇なく他人を攻撃できるっていうのは頼もしくもあり、怖くもある。

僕の言うことなら、たとえ親でも殺しかねないほどの決断力を今のエリーゼからは感じるのだ。

これはちょっと危うい。

たぶん、僕への依存もあるのだろうが、高すぎる意思が影響しているのだろうと思う。

異常なまでに高すぎる意思が、エリーゼ本来の人格からは考えられない行動を可能とするのだろう。無論、普段それは隠されており、エリーゼの人格が優先されるが、エリーゼが自身よりも上位においている存在……僕の命令なら、自分の行動様式を無視しても実行してしまうのだ。

今は僕の命令を聞いているだけだからいいけど、命令がなくても〝僕の幸せ〟とかをエリーゼが独自に判断して動きはじめた時が恐ろしい。

と、話がズレた。

僕が今回エリーゼに指示したのは、最初に現れた一人をとにかく問答無用で叩きのめすこと、だ。

それが奇襲であれ騙し討ちであれ、先制攻撃は相手の出端《でばな》をくじくことができ、かつその先の戦闘に対する抵抗を無くしてくれる。

相手は、僕達よりも間違いなく狡猾な〝二枚舌〟だ。駆け引きで僕達が彼らを上回ることはできないだろう。

ゆえに、多少強引にでもこちらのペースに持ち込む。その際ついでに戦力の一人を潰せたら儲けもの。

ただの宿屋の娘だったエリーゼには、まだ人を傷つけることに抵抗があるだろうから、そのまず第一歩という意味でも先制攻撃は良い経験になる。

人間、積み重ねてきたモラルというのは思いのほか強固なものだ。誰かを流血がともなうほどに傷つけることには、無意識にブレーキがかかるように社会の仕組みというものはできている。それは、相手への同情であったり社会的制裁を受けることへの恐れであったりと様々だが、それを克服するにはちょっとした訓練が必要となる。

たとえば人型の的に延々と打ち込みをしたりとか、動物の肉に包丁を刺したりだとか。新人兵士がやっている訓練には、ちゃんと意味があるということだ。

よく、新兵は戦場を経験してようやく一人前と言うが、あれは戦場で人を殺すことである種社会的なリミッターが外れることによって、兵士として完成されるということを意味している。

戦える人間になるということは、ある意味では社会的人間ではなくなるということでもあるのだ。

そしてそれは、エリーゼのように心優しい一般人であればあるほど高いハードルになる。

ゆえに僕は、ぶっ殺してもまったく罪悪感を覚える必要のない〝二枚舌〟ども……薄汚い盗賊を練習相手として選んだわけなのだが……。

うん、ぶっちゃけ、練習とか全然必要なかったみたい。エリーゼは、僕の指示さえあれば相手が誰であろうと戦うことができるだろう。すでに彼女は、一人前のソルジャーだったのだ。

まぁ、これならきっと魔人戦でも怯えて足を引っ張ることもないだろう。頼もしい限りだった。

あとは〝二枚舌〟を始末するだけだ。

ざっとあたりを見回す。姿を現しているのは七名。隠れているのが二名。うち一人は、エリーゼの手によって負傷している。

「ま、問題ないな」

僕はそう呟くと、野菜のヘタを取るように軽く足元でのたうち回っていた男の首を刎《は》ねた。

「てめぇ……！」

〝二枚舌〟どもが色めき立つ。

「エリーゼ、やるよ」

「う、うん」

僕が短くそう言うと、エリーゼは後方をふさぐように立つ男達に向かってファイアーボールを撃った。

僕はそんなエリーゼの傍に立ち、敵をけん制する。

「かかれ！」

エリーゼの攻撃が合図となり、いっせいに飛びかかってくる男達。とはいっても、後方の敵はエリーゼの火炎弾が弾幕となり僕達に近づくことができないため、サブウェポンのクロスボウで攻撃してきたのだが、それらは僕が切り払った。

そのかたわら、前方から襲いかかってくる敵も、僕は一刀の下《もと》に切り捨てていった。

十層以下で雑魚狩りをしている連中など、しょせんはこんなものだ。そもそも、〝二枚舌〟というのは魔物との闘いについていけなくなった連中がやる物であり、多少レベルが高かろうが、その脅威度はレベル以下なのだ。

人間特有の悪意と、数の差にさえ対応できるなら、恐ろしくもなんともない。

次々と倒れていく仲間達に、リーダー格の男は僕達がけっして初心者のレベルではないことに気づいたのだろう。突然、床に手を突き命乞いをはじめた。

「待ってくれ！　俺が悪かった！　もう勘弁してくれ！」

「ゾランさん⁉」

突然の命乞いに、敵味方の注目がリーダー格の男に集まる。

「えっと……」

攻撃を中断したエリーゼが僕を困惑したように見る。

僕がエリーゼに気にせず攻撃するように言おうとしたその瞬間。リーダー格の男が、僕へと小さな袋を投げつけてきた。

男に対する警戒を怠《おこた》っていなかった僕は、それ自体に不意を突かれることはなかったが、一瞬だけ判断に迷った。

このタイミングで投げつけてくるということは、高確率で毒や目つぶしだろう。ということは剣で切り払ったり地面に叩きつけたりするのはまずい。となるとうまく避けて、粉が拡散する範囲外に逃げる必要がある。そのためにはエリーゼも抱えて逃げなくてはならないが……はたして女性一人を抱えて、一瞬で移動することができるだろうか？

刹那の間の思考。高い感覚のステータスが可能にしてくれる引き延ばされた時間。

そして僕が出した結論は、背嚢《はいのう》から取り出した毛布を小袋に覆い被せるようにして地面に叩きつけることだった。

破れやすいよう細工されていた小袋は、地面に叩きつられた瞬間中身を拡散しようとするも、毛布が蓋となり中身がまき散らされることはなかった。

無事に危険物を処理できたことに僕がホッとしたその瞬間だった。陰に潜んでいた伏兵二人が、僕に同時に斬り掛かってきたのだ。

伏兵の存在をあらかじめ察知し、常に意識の隅に置いていた僕も、この一瞬だけ不意を突かれた。どれだけ用心していても、僕はまだまだ新兵だ。どうしても詰めが甘いところが出てきてしまう。

そんな僕の隙を、〝二枚舌〟どもはうまく突いたのだ。

引き延ばされた時間で、僕はスローモーションになりながら敵に対処する。

現れたのは、まったく同じ顔をした双子の少年だった。違いといえば、それぞれ別の片耳にピアスをつけていることぐらいだ。

歳はまだ十一、二歳といったところか。向こうの世界なら小学校に通っている年頃だ。

そんな幼いと言っても過言ではない少年達が、まったく感情をうかがわせない無表情で、彼らの背丈ほどもある大剣を振り上げ斬り掛かってきている。

速い。このゆっくりと進む時間の中においても、僕ほどではないにしろ滑らかに動いている。明らかに、他の二枚舌とは格の違う強さだった。

少しずつ体を捻り、位置を変えながら、一太刀で少年達の攻撃を受け止められるポジションへと移行していく。

ギリギリの時間。間に合わなければ、深い一撃を負いかねない。

背中を嫌な汗が伝う中——僕はなんとか間に合った。

ギィインッ……！　と甲高い金属音が迷宮の通路に響き渡るのと同時、僕の体感時間が通常の速さに戻る。

「なにぃ!?」

必殺の策だったのだろう。不意打ちに失敗したことにリーダー格の男が驚愕の声を上げた。

それに僕はニヤッと笑い、少年達の剣を撥《は》ね除けた。

軽い。この少年達、速さは称号ブーストした僕に迫るほどだが、攻撃自体はひどく軽かった。

普通、速く動けるということは筋力と反応のステータスが高いということを意味するので、一撃もその分重くなるはずなのだが、こうも一撃が軽いということは、彼らの速さはステータスではない他の要因によるものなのだろう。

固有スキル、あるいは装備品の能力か……。

固有スキルなら手に入れられないが、もし装備品の能力だとすれば……。おいおい、がぜん戦利品をいただくのが楽しみになってきたぞ。

僕が、少年達の装備品に思いを馳せていると、リーダー格の男が少年達へと罵声を浴びせかけた。

「なにしくじってんだよ！　この愚図《ぐず》どもが！」

「「申し訳ありません、マスター」」

一糸乱れず同時に返答する双子。

いま、マスターって言ったよな？

そう思い少年達を観察してみると、その細い首には奴隷を意味する首輪が嵌まっていた。コイツら、奴隷だったのか。

「いいから、さっさとそいつを始末しろ！　何のためにその剣を持たせてやっていると思ってる!?」

「「はい、マスター」」

頷きを返し、こちらへと剣を構える双子。

配下の男達も、戦闘態勢を取る。

僕はそれに微かに舌打ちをした。

男達の戦力は想定の範囲内だったが、双子の戦闘力がちょっと予想外だ。負けるとは思わないが、苦戦はするかもしれない。

しょうがない……ちょっとエリーゼが心配だが。

「エリーゼ、僕がこの双子を倒すまで雑魚どもは頼む」

「う、うん。わかった」

ちょっと頼りなさげに頷くエリーゼ。今は彼女を信じるしかなかった。最悪、重傷を負ったり人質になったりさえしなければ、それでいい。

僕は、意識からエリーゼ達を排除すると、双子の対処へと専念するのだった。

第十七話　呪いの武器

薄暗い迷宮に、金属と金属がぶつかり合う不協和音が響き渡る。

一瞬の間に無数に飛び交う剣戟《けんげき》。まるで嵐のような猛攻を前に、僕は正直苦戦していた。

双子のステータス自体は、速さと反応以外はたいしたものではない。

その速さにしたって、個人としてみれば僕のほうが若干速いくらいだ。総合の戦闘力自体は、二人合わせたものよりも僕のほうが高いくらいだろう。

二人のうちどちらかに、少しでも動きを鈍らせるような傷を与えてしまえば、勝負の天秤は一気に僕へと傾く。そんな確信がある。

もしこれが、ただの二刀流や普通の二対一ならば、僕はどこかで反撃の糸口を見つけてあっさりと片方を切り伏せていただろう。

だが、双子のコンビネーションは、別々の肉体を持っているとは思えないほどの練度で、はっきり言って同一の意思を持った存在が同時に肉体を動かしているとしか思えないほどだった。

僕のほうがステータスが高いとはいえ、これでは一ターンに倍の攻撃をされているようなものだ。とてもじゃないが防ぐのに精いっぱいで、反撃に移る余裕などなかった。

こういう場合のセオリーとしては、多少の手傷は覚悟で片方を強引に沈める、いわゆる肉を切らせて骨を断つ、といった戦法が有効なのだが、今回の場合はそれも難しかった。

「ッ！」

躱し損ねた双子の剣の切っ先が、僕の手の甲をわずかに切り付けた。途端、僕の身体からガクンと何かが抜け出し、脱力感が僕を襲う。甲の傷からも、明らかに傷の程度以上に出血している。

……これが、僕が手傷覚悟で反撃に移れない理由だ。

双子の持つ剣の状態異常能力……おそらくは、生命力吸収《エナジードレイン》と流血付与といったところだろうか。自身に継戦能力を与え、それでいて敵の体力をじわじわと削るいやらしい能力だ。双子にこのスピードを与えているのもこの剣だとすると、間違いなく一級品の武具。こんな序盤の低い階層で出てきて良い敵と武器ではなかった。

こういうところが、ゲームと現実の嫌な違いだ。ゲームでは、バランスを考えて強すぎる敵というのはイベント以外では出てこないようにできているが、現実ではこうして普通に相手の都合で弱いステージに現れてくる。

まったく、現実はいつもクソゲーだ。

(さて、どうしたものか……)

双子達の剣戟を捌《さば》きつつ、思考をフル回転させて打開策を検討する。

軽い手傷で、ここまで体力が削られる感覚があるのだ。大きく斬りつけられでもしたら、一気に立ち上がれなくなるほどの生命力吸収を喰らってもおかしくない。無論、ダメージに関係なく割合固定で吸い取られている可能性もあるが、こんなところで命をベットすることはできなかった。

双子の体力が尽きるのを待つ持久戦も、相手の持っている剣の特性上厳しい。間違いなく、先にばてるのは僕のほうだろう。

精神的な消耗についても、一手でも間違えたら詰むのは僕ということもあって僕のほうが大きい上に、相手はずっと変わらぬ無表情でまったく疲れが見えない。機械のように感情がうかがえなかった。

やべぇ……これってけっこう絶望的じゃね？

うわぁー、やっぱ〝二枚舌《ダブルディーラー》〟になんて関わるんじゃなかったかなー？　今さら遅いけどさ。

避けて先に進むべきだったのか。でも相手はこっちを明らかにロックオンしてたしな……帰り道に疲れているところで襲われるよりはこっちから仕掛けたほうがましだったし……。

ってか……僕、もしかして集中乱れてきてないか？

ヤバいヤバい……！　早く何とかしないと。

やっぱ、賭けになるけど手傷覚悟で片方をぶっ殺すしかない。

可能性から言っても、かすり傷でかなりドレインされるということは割合固定吸収だ。ダメージ比例ドレインじゃない……はず！

このままじゃ、ジリ貧だ。やるしかない……！

僕が覚悟を決めたその時だった。

「グッ⁉」

突然、双子の片方を爆撃が襲った。

「⁉」

突然の攻撃に、硬直する片割れ。

反射的だった。僕は、その細い腕を咄嗟《とっさ》に斬り飛ばしていた。

宙を舞う腕付きの剣。

「……ぁ」

少年は、それを一瞬呆けた顔で見た後、僕を見てくしゃりと顔を泣き顔に歪めた。先ほどまでの機械のような無表情が嘘のような悲痛に満ちた表情。そんな少年の首を、僕は返す刃で切り飛ばした。ほとんど自動的な一撃だった。地面へと転がる少年の首。それを見た僕の胸にかすかな罪悪感のようなものが広がった。

……ちょっと卑怯だよな。盗賊のくせに自分が被害者みたいな顔しやがってよ。

奴隷だから主人には逆らえなかったんだろうが……そんなの今まで殺された奴らと、そして今まさに殺されかかった僕には関係ないことだ。

なのに、こんな顔して死にやがって……汚いぜ、ホント。

僕はどうしようもない鬱屈《うっくつ》した気分のまま、爆撃のダメージで地面に倒れているもう片方の少年へと近づいていった。

こちらの少年は、先ほどまでと同様の機械染みた顔で、僕を見ている。その瞳には何の感情もうかがえない。

それに微かな違和感を覚えたが、僕はそのまま少年の首を切り飛ばした。

さて、と。

僕は、一息ついて気分を切り替えると、微笑んで振り返った。

「助かったよ、エリーゼ。ありがとう」

「う、ううん！　ケインくんの役に立ててよかった……えへへ」

双子を襲った爆撃の正体、それはエリーゼのファイアーボールだった。

残党の〝二枚舌〟どもを片付けたエリーゼは、背後からファイアーボールで僕を援護してくれたのだ。

まさかエリーゼに助けられるなんてなぁ……エリーゼの成長がうれしいような寂しいような。

もうちょっとひな鳥の餌やり気分を楽しみたかったところだけど、まぁこれでエリーゼも一人前ってことかな。

「生き残りは……いないみたいだな」

ざっと見回してみるが、〝二枚舌〟どもはみな切り伏せられているか焼け焦げて死んでいるかで、生きている奴の気配はなかった。

本来の予定なら、誰か適当にとっつかまえて、アジトの場所とかを聞き出すつもりだったのだが
……予想外の強敵だったから仕方ないか。

それに収穫はある。

僕は、微かに笑みを浮かべると、双子達が使っていた剣のもとへと歩いていった。

わずかに反りの入った刀身……シャムシールとかいう剣だったたか。柄には豪奢《ごうしゃ》だがどこか禍々《まがまが》しさを感じさせる装飾が施されており、仄《ほの》かに赤い刀身には魔術刻印が施されている。

間違いない、魔剣だ。それも、中盤以降に手に入るクラスの一級品。

僕は、ほくほく顔でその剣を手に取り――。

「……!?」

ドクン、と心臓が跳ねた。

「あ……が……!?」

「ケインくん!?」

どこか遠くでエリーゼの声が聞こえた。だが、僕にはとてもじゃないがそれに返事をする余裕はなかった。

何かが、剣から僕へと侵食してくる。

殺せ。殺せ。殺せ。殺せ。殺せ殺せ殺せ殺せ殺せ殺せ殺せ殺せ殺せ殺せ殺せ!!!!!

殺意の侵食。

視界が赤く染まり、僕の自我が深く沈められていく感覚。

まず……い！　乗っ取られ……！

僕が、精神の死を感じたその瞬間。

「ケインくん！」

「ハッ！」

意識が浮上する。視界が正常に戻り、声も消えた。

「ハッハッハ……ハァ！」

心臓が、悪夢を見た時のように跳ね回っている。

今のは……？

まさか……呪いの武器、か？　僕は今、剣に乗っ取られかけたのか？

だとすれば助かったのは……。

「そうだ！　エリーゼ！」

ハッとエリーゼへと振り返る。

僕が助かったのが、エリーゼが剣を取りあげてくれたからだとしたら、当然その剣は今エリーゼが持っているはずで。

だとすれば今エリーゼは呪いに……！

「大丈夫……？　ケインくん……」

「えっ」

「えっ？」

えーと……。

「大丈夫……なのか？　エリーゼ」

「大丈夫って何が？」

「何がって……。その剣だけど……」

「剣って……これ？」

そう言って、エリーゼは、手に持った剣を見せてきた。

「うん……それだね。えーと、なんか声が聞こえたり、自分が侵食されるような感覚がしたりは……その、ないの？」

「えっと……声は聞こえるかな？　殺せって声。……それだけだけど」

「そ、そう……」

あれー？　おかしいな。僕はすごい乗っ取られかかったんだけど。

男性限定の呪いの武器とか？　いや、声は聞こえてるんだよな……じゃあ呪いはある。

僕とエリーゼで何が違う？　性別の差？　あるいは……意思、か？　高すぎる意思が、呪いの武器に宿った怨念の意思を大きく上回っているから呪いに影響されない……とか？

もしこの仮説が正しいなら、エリーゼは呪いの武器をノーリスクで使えるってことか。

呪いの武器は、極めて強力な能力を有する代わりに、持ち主が怨念に乗っ取られるという大きなデメリットを持つ武器だ。

主人公はこれを装備できず、仲間キャラに装備させると敵味方無差別に攻撃してくるようになる。

一応活用方法は存在し、奴隷市で購入した奴隷に装備させ、〝仲間を攻撃するな〟という命令を下すことによって、敵だけを攻撃するようになる。

しかし一方で、呪いの武器を装備したキャラはその間自我が失われ、アクティブスキルを使うこともなくなり、夜の調教などの行為もできなくなる。ただ敵を自動で攻撃するだけの機械と化すわけだ。

装備を外すことで再び自我を取り戻すことができるが、呪いの武器を装備させられたキャラの感情値が強制的に最低値である〝反逆〟状態となる。この状態となると、戦闘中主人公の命令を聞かなくなるので、基本的に呪いの武器は初めからその用途で用意された奴隷に装備させるのがセオリーだ。

……そう、先ほど僕が殺した双子のように。

あの機械的な感情のない戦い方。腕を斬り飛ばした途端感情的になった少年と、死ぬ間際でも無感情だった片割れ。今ならわかる。あれは、呪いの武器に自我を塗りつぶされた状態だったのだ。

あの双子は、リーダー格の男によって用意された呪いの武器要員だったのだろう。

しかし、そうか。エリーゼは呪いの武器をノーリスクで使用できるのか。これは大きな利点だ。一種の固有スキルと言っても良い。

「エリーゼ、本当に大丈夫なんだよね？」

「うん、ちょっとうるさいけど」

「わかった。じゃあ今日のところはこれで休むとしようか。トラブルもあったことだしね」

「うん」

僕達は、盗賊達の荷物のうち値打ちのありそうな物を回収すると、そこで今日の攻略を中断することにした。

双子の装備品については、万が一を考えてエリーゼに回収してもらった。何かほかにも呪いの武器を持っている可能性があるからだ。

そして僕達は、野営に適した小部屋を見つけると、聖水による簡易の結界を張り、休息するのだった。

「次はどっち？　エリーゼ」

先の通路が十字路になっているのを見た僕は、エリーゼへと問いかけた。

「えーと、うん、次の角を右みたい」

エリーゼが、手元の地図を見ながら答える。

「了解。あ、エリーゼ、ちょっと先にスライムがいる。数は三体」

「わかった。ちょっと待ってね……ファイアーボール」

曲がった通路の先にスライムがいることを確認した僕がそう言うと、エリーゼは手に持った杖を軽く向けて三つの火球を飛ばした。詠唱は一つ。一つのファイアーボールを三分割して飛ばしたのだ。

飛来する三つの火球は、吸い込まれるようにスライムへと命中し、彼らをゼリー状のドロップアイテムへと変えた。

「ん、倒せたみたいだ。それにしても、エリーゼも随分慣れてきたなぁ」

「まぁね、えへへ」

僕がそう言って褒めると、エリーゼは照れたように笑うのだった。

〝二枚舌〟との一戦の翌日、僕達は早朝から迷宮攻略を再開していた。

既に三階層だけでなく四階層も踏破し、五階層の攻略に取りかかっているところだった。

三階層のゴブリンリーダーはただの強化されただけのゴブリンで、取り巻きも十体程度だったので苦戦するはずもなく瞬殺。四階のメイズウルフも、今の僕達にとっては野犬と変わらず、これまた瞬殺。五階層の敵であるスライムは、物理攻撃が効きにくい序盤の難敵なのだが、反面魔法に弱くエリーゼのファイアーボールで簡単に駆除できた。

僕達がこうも快進撃を続けることができたのは、昨日までの攻略でエリーゼが十分に戦いに慣れたためだ。

これまでことさらゆっくりと攻略していたのはエリーゼに戦闘経験を積ませるためであり、〝二枚舌〟戦で一皮むけたエリーゼには、もうそんな配慮は必要なかった。

もともと、僕とエリーゼの高いステータスをもって攻略していけば、こんなものなのだ。

一応のスケジュールとしては、今日中に六階層を踏破。翌日に九階層までを踏破し、その際にエリーゼの固有スキル【愛の揺り籠】で全回復。しかるのちに一気に十階層を踏破し、魔人戦という計画だった。

本来のゲームだったら、ボス部屋前で【愛の揺り籠】で回復するのが一番良いのだろうが、さすがの僕も魔人のいる部屋の前でセックスという無防備な行為をする度胸はなかった。

よって、十階層の攻略で多少消耗する可能性があっても、九階層でセックス……もとい回復することにしたのだ。

エリーゼの固有スキル【愛の揺り籠】……。いったいどんな感じなんだろうか。ＨＰとＭＰだけでなくありとあらゆるバッドステータスが回復するぐらいなんだから、普通のセックスとは何かが違うに違いない。きっと天にも昇るような快感なのだろう。ああ、楽しみだ。

僕は今から九階層での休息が楽しみでたまらなかった。

「ケインくん……もしかしてエッチなこと考えてる？」

「えっ!? ど、どうして？」

「どうしてもなにも……」

そう言って、エリーゼは視線を僕のズボンへと向けた。

そこには、立派なテントを張ったマジカルち○ぽが……。

いやん、見ないで？

僕は、微かに前かがみになるとエリーゼから視線をそらした。

なんで、こうテントを張っているところを見られるのはこんなに恥ずかしいんだろうか？

エリーゼとは、互いに知らないところはないほど体を重ね合ったのに、不思議だ。

「ね、ケインくん」

僕が、なんとかマグナムをデリンジャーに縮小できないかと気を静めていると、すっとエリーゼが傍に寄り添ってきた。

「エリーゼ……？」

「よかったら……ここで休憩しちゃう？」

そう言って、エリーゼは妖艶に微笑んだ。

艶やかな唇に、艶めかしく舌を這わせるその笑みは、下手すると裸よりも性的で、僕は思わず頷きかけ……。

「い、いや、止《や》めとく、うん」

なんとか踏みとどまった。

エリーゼの提案は、極めて魅力的だった。

しかし、さすがにここでセックスし、九階層でもセックスするのは時間のロスが大きすぎる。

この攻略には、世界の命運が関わっているのだ。

僕は泣く泣く、エリーゼの柔らかい身体を離した。

「そっかぁ……、残念。でも……九階層では久しぶりにできるんだよね？」

甘えるようなエリーゼの潤んだ瞳。

それを見ると、僕もどんどん性欲がたまっていくのを感じた。

「もちろん。だから早く攻略しちゃおう」

「うん！」

早く攻略すれば、その分早く【愛の揺り籠】を使うことができる。

僕達はその勢いのまま五階層を攻略していき、ボス部屋へと辿り着いた。

今のエリーゼのステータスなら、ここのボスであるビッグスライムもただの雑魚敵にすぎない。

ボス戦といっても余裕の作業だ。

――そんなことを考えながらボス部屋の扉を開けた僕達が見たのは、無数の惨殺死体だった。

「こ、れは……」

「ひ……」

思わず喉の奥からうめき声が出る。エリーゼも口元に手を当てて悲鳴を押し殺していた。

僕は目視ですばやく死体を検分する。

殺されたのは、まだ新米の冒険者達なのだろう。男三人に女一人のパーティー。

女のほうは犯されてから殺されたのか、全裸のうつろな表情で死んでいる。最終的な死因は胸から腹部まで大きく裂けた切り傷。おそらくは臓器を抜き出されている。

男達のほうはというと、どれも両手両足を切断されて死んでいる。その顔はすさまじい形相で歪んでおり、この構図から察するに彼らは文字どおり手も足も出ない状態にされてからこの女性が犯され殺されるのを見せつけられたのではないだろうか。

極めて陰湿で残虐極まりない犯行。そしてこういった行為を喜々としてやる人種は僕が知る限り大きく分けて四つ。一つ目は盗賊。二つ目は宗教家で、三つ目がシリアルキラー。そして、最後は魔人だ。

このうち可能性が高い順は、魔人、宗教家、シリアルキラー、盗賊。

盗賊の可能性が最も低いのは、彼らの武装や金品が持ち去られていないから。次点が宗教家なのは、臓器を持ち去ったあたりに強いメッセージ性を感じるから。魔神を崇拝する宗教団体は、こうして苦痛の末に死んだ生贄《いけにえ》を魔神に捧げることで自分達を魔人にしてもらおうとする儀式を行っていると聞いたことがある。

実際、魔人が似たような儀式を被害者達に行っていたという記録がある。

どうも魔神というのはより苦痛に歪んだ魂を欲するものらしく、魔人達はこうして襲った人物を拷問にかけてからその魂を魔神へと捧げるらしい。

つまり、現場の状況的に、現時点で最も可能性が高いのは魔神崇拝者か魔人であり、そしてこの迷宮には魔人が存在する。

それが意味すること、それは――。

「ハァッ!!」

僕が全力で振り向きざまに放った斬撃は、何者かの不意打ちを退けた。

間一髪だった。直感とも呼べぬおぼろげな感覚に身を任せ反射的に振り払った剣戟が、たまたま敵の不意打ちを防ぐことができたのだ。

だがその斬撃はあまりに重く、僕の体は流れ、地面を転がった。すぐさま立て直すも、致命的な隙ができてしまう。

「ケインくん!!」

エリーゼの悲鳴が聞こえて、一瞬は死すら覚悟した僕だったが、予想に反して追撃はなし。

それに違和感を覚えながらも、そこで僕はようやく敵の正体を見ることができた。

「ほう、防ぐか。なるほどステータスは高いようだな」

そう言って、敵、オリオールは愉《たの》しげに笑った。

オリオールは、一見赤毛の偉丈夫にしか見えなかった。しかしその金色に煌々《こうこう》と輝く瞳と、黒い一対の角、そして何よりも見るだけで怖気《おぞけ》の走るその雰囲気が、彼が人類の敵であるということを物語っていた。

クソ！　なんでここに魔人がいるんだ⁉　十階層でボスを倒したら出てくるはずだろ！！！

…………いや、落ち着け。そうだ、それはゲームの話だ。これは現実。なら魔人は浅い階層ならどこに出てもおかしくない。

ゲームならば決まった場所に決まった時に現れるが、現実ではそう都合よくいかない。

重要なのは〝魔人は低層で復活したこと〟と〝弱っており、初心者を殺すことで傷をいやしていたこと〟の二つ。

ならば、贄《にえ》を探してどこをうろついていたとしても不思議ではない。

エリーゼが失語症にならずに僕の奴隷になったように、攻略サイトの情報はあくまで指針に過ぎないのだ。

僕が内心の混乱を沈めている間に、エリーゼが僕のほうに駆け寄ってきたが、魔人はそれを止めもせず、その間ずっと、まるで品定めをするかのように僕達をじろじろと眺めていた。

「ふふ、貴様らほどの魂を狩ることができれば俺の回復も一気に進み、魔神様の復活にもまた一歩近づく。特に……」

うすら笑いを浮かべるオリオールが、エリーゼを指さす。

「そこの女、何らかの神の加護を受けているな……？」

……嫌な予感がする。

「神の加護？　何のことだ？」

僕が苦し紛れにそう言うと、魔人はふん、とつまらなそうに鼻を鳴らした。

「俺の眼はごまかせん。見る者が見ればソイツが何らかの神の加護を受けていることは明白だ」

そう言うと、魔人はどこからともなく黒い大剣を取り出して構えた。

「神の目に留まるほどの逸材だ。なんとしても狩らせてもらおう」

そして僕達は予期せぬ魔人戦へと突入したのだった。

第十八話　慢心の代償

剣戟の音が、薄暗く陰惨な迷宮に響き渡る。

一秒に満たない間に、何合、何十合と打ち合わされる剣戟は、常人の眼にはただの火花としか映らないだろう。

常人の四、五十倍の反応と感覚をもってしてもついていくのがやっとの戦いが、そこにはあった。

すでに一分間は続いている激しい攻防。いまだ互いに傷一つなく、一見実力は拮抗しているように見える。

そんな中、僕は強い焦りを感じていた。

（な、なんで互角なんだ？　今のぼくのステータスなら圧倒できるはずだろ！）

オリオールは復活して一か月以内ならＬＶ10ほどの主人公、しかも称号ブーストなしでも倒せるレベルの敵だ。――そのはずだ！

だが実際にはどうだ？　称号ブーストして高レベル冒険者に匹敵するステータスを有しているはずの僕が、攻撃を防ぐので精一杯。オリオールはどう見ても余裕をもって僕の相手をしている。いや、むしろ僕の限界に合わせて出す力を調節しているようなそぶりすらあった。

なぜ、どうして、いったい……!?

オリオールの傷……弱体化が、僕が思っているよりもはるかに回復しているのだろうか？　初心者殺しの噂は最近出始めたが、実はそれよりも前に活動を再開していた？　だからこんなにもオリオールが強いのか？

それともまさか――――。

（僕が弱い、のか……？）

迷いと動揺が僕の動きを鈍らせる。その瞬間、オリオールがお仕置きだ、と言わんばかりに僕のわき腹を浅く切った。

「グッ！」

「ケインくん！」

たまらず距離を取り、駆け寄ってこようとするエリーゼを手で制す。

オリオールには魔法が効かない。援護してもらえない以上、今のエリーゼは足手まといでしかないからだ。

そんな僕を冷めた目で見やるオリオールは、退屈そうに剣を弄びながら言った。

「典型的な養殖だな」

「なんだと？」

「養殖、と言ったのだ。貴様のその力、経験で磨いたものではあるまい」

「……！」

眼を見開く僕に、オリオールは、嘲笑を浮かべた。

「図星か。かつての大戦期にはよくいたものだ。強き者の手を借りてステータスだけを上げ、敵に突撃させられた哀れな兵達が。彼らは総じて高いステータスを使いこなす技量を持たず、身体能力の高さに任せて子供のように武器をふるっていただけ。……そら、貴様と同じだろう？」

「…………」

オリオールの言葉に、僕は歯噛みするしかなかった。

すべてがそのとおりだった。僕は剣を使えるが、精々冒険者だった叔父に剣の手ほどきを受けた程度。その叔父も三流冒険者だったため、本当に基礎の基礎程度しか剣については習えていない。

つまり、一流、いや三流の技すら持っていない僕の剣技は、子供のチャンバラ遊びの延長線上の代物だった。

（クソッ！）

僕は自分の甘さを痛感した。

ステータスで優《まさ》っているからと、簡単にオリオールを倒せると思っていた。

しょせんは序盤のボスだと。

相手は魔人、かつては世界を恐怖に陥れたこの世界でも最強クラスの存在。太古より生きる本物の猛者《もさ》だというのに。

（まだだ、まだ勝機はある！）

技量では確実に劣っている。純粋な戦闘では太刀打ちできまい。だが、まだ勝機はあった。

魔剣ソウルイーター。これは魔人に対して唯一ダメージを与えられるだけでなく、魔人に対しての特攻能力を持つ。

とにかく有効な一撃を入れる。そうすればダメージで敵の動きも鈍り、そうなればどんどん僕が有利になっていく。

問題はどうやって一撃を入れるか、ということだが……。

「ふん、何か一発逆転の手を狙っています、という顔をしているな」

オリオールが僕の考えを見透かしたように言う。

「まだ希望を捨てていないようで大変結構。その調子で頑張るがいい。希望を抱けば抱くほど絶望は大きくなるのだから……な！」

「クッ！」

切りかかってくるオリオールを迎え撃つ。

やはり遊んでいるのだろう。オリオールは僕が防げる限界の速度で剣戟を放ってくる。それを必死でさばきながらも、僕はオリオールの隙を探る。

（一撃、一撃でいいんだ。それで勝負の天秤がこちらに傾く）

「そらそら、そら！　いつまで防ぎきれるかな⁉　少し速度を上げるぞ！」

「グゥ……！」

オリオールが剣戟の速度を上げ、僕は防ぎきれずに少しずつダメージを負っていく。それは薄皮を斬るように浅く、嬲《なぶ》るようなダメージだったが、僕の全身は徐々に赤く染まりつつあった。

（ま、ずい……このままじゃ！）

そう僕が思った瞬間、オリオールの背中を火球が襲った。

エリーゼのファイアーボールだ！

「ぬ!?」

エリーゼを無力とみてその存在を完全に無視していたため、見事な不意打ちとなったその一撃に、オリオールは苛立ったような声を上げ、一瞬エリーゼのほうを振り向く。

ダメージこそ入っていないが、それは、オリオールがこの戦闘で見せた初めての隙だった。

――――今だ！

僕は深く踏み込み、魔剣ソウルイーターで全力の一撃をオリオールに叩き込んだ。

待ちに待った瞬間。まだ勝利が確定したわけではないが、勝利への道が見えた。

思わず僕の顔が歓喜に歪む。

「――――ふん、効かぬな」

「……え？　う、げぇ……！」

オリオールの蹴りが鳩尾《みぞおち》へと叩き込まれ、僕は十メートルは軽く吹き飛ばされた。

「ぐぅ、げぇ……！　げぇぇぇぇぇぇぇぇ！！」

「ケインくん……！」

激しくえずきながら僕はオリオールを見た。

オリオールはまったくの無傷だった。

（な、ぜ――――）

僕の心を今度こそ絶望が支配した。

魔剣ソウルイーターは、魔人にダメージを与えられる数少ない武器じゃなかったのか？

それが、なぜ……。

そこで僕はハッと思い当たった。

『十階層でオリオールと遭遇することにより、魔剣ソウルイーターの覚醒イベントが発生』

攻略サイトには確かにそう書いてあった。

だが、僕のソウルイーターにはそんな兆《きざ》しはまったく見られない。

そう、僕のソウルイーターは未覚醒だったのだ。

絶望にうな垂れて跪く僕に、オリオールが一歩また一歩と歩み寄ってくる。

「ふふ、絶望したか？　無知な貴様は知らなかったようだが、我々魔人に普通の攻撃は効かんのだ。

残念だったなぁ……！」

「か、覚醒しろ！」

「ん？」

「覚醒しろ！　覚醒しろ！　覚醒しろォォォォ!!」

僕は必死に魔剣に語りかけた。だが、魔剣は何の反応も示さない。

そんな僕を、オリオールは興ざめしたと言わんばかりの冷たい眼で見据えた。

「ふん、気が触れたか。……そろそろ飽きたな、殺すか」

「！　……あ、あぁ」

近づいてくるオリオールに、僕は恐怖を感じずにはいられなかった。

恐怖で足が竦《すく》み、立ち上がることもままならない。完全に腰が抜けていて、今の僕にできるのは、無様に後ずさることぐらいだ。

そんな僕の前にオリオールはわざとゆっくり近づいてくると、手にした黒い大剣を振り上げた。

「それでは、さらばだ。魔神様に魂を捧げるが良い。――人類特攻・ソウルスラッシュ」

断頭台を思わせる大剣が振り下ろされる。迸《ほとばし》る死のイメージ。僕は思わずギュッと目を瞑る。

しかしそれで現実から目を背けたとしても、迫りくる死から逃れられるわけもなく……。


――僕の体をふわっとした衝撃が襲った。


「え?」

眼を開く、そこにあったのは、美しい微笑みを浮かべるエリーゼの顔。

「ケ、インくん」

「エリー、ゼ」

なにがおこっているのかよくわからない。

どうしてエリーゼがぼくとオリオールのあいだにいるのか。

そしてそのくちもとからたれているあかいものはなんなのか。

ぼくにはなにひとつわからなかった。

「だい、じょうぶ。だいじょうぶ、だから」

「エリーゼ……？」

「ケインくんは、たすかる、から。きっと、あいつを、たおせるから……だから、だいじょうぶ、だよ」

――――…………。

「ケイン、くん」

愛してる。

そう小さく囁くと、エリーゼの体がずるりとズレた。

「エリーゼ！」

とっさに崩れ落ちる体を支える。その手に、びっしょりとした感触があった。熱い。手を見ると、よくわからない赤い液体がついていた。

エリーゼの背には深い、深すぎる裂け目があり、それは胴体がつながっているのが不思議なほどだった。

「あ、あぁ……‼」

そこでようやく、愚かな僕は、エリーゼが僕を庇ってくれたのだと、理解した。

「プッ、アハハハハハハハハハ、ハハハハハハハハハハ！！！」

誰かの嘲笑が聞こえる。ひどく、不快な声。

頭がクラクラする。世界が回り、何も見えない。わからない。

けれど一つだけわかることがある。

オリオール。コイツを…………。

コロ

シテヤ

ル。

炎の中に突っ込んだように視界が赤く染まった。食いしばった奥歯が砕ける。心臓が狂ったように鼓動し、剣を握る手が音を立てて軋《きし》んだ。

怒り、絶望、憎悪、殺意。様々な負の感情が次から次へと溢れ出し、それが魔剣ソウルイーターへと流れ込んでいく。

鍔《つば》に埋め込まれた水晶が黒色の輝きとでも言うべき光を放ちだし、続いて刀身の魔術紋も赤く発光しはじめた。

「な、に――――?」

オリオールが困惑の声を上げ、後ずさる。

「う、ぁ……!?」

剣の異常は見た目の変化だけに留まらず、僕自身にも影響を及ぼした。

ソウルイーターから圧倒的な量の情報が流れ込んでくる。それはかつてこの剣を持ち、覚醒に成功した人々の記憶と経験。

彼らは総じて、何かを喪《うしな》ったり、あるいは理不尽に追い詰められたりといった経験を持ち、強い負の感情をきっかけとして魔剣ソウルイーターを覚醒させていた。

今ならわかる、なぜ僕がこの瞬間までソウルイーターを覚醒させられなかったのか。

魔剣ソウルイーターには、魔人にダメージを与えられるという特殊性以外に、もう一つ特殊な能力があったのだ。

それは、覚醒に成功した持ち主が死んだ際にその魂を取り込み、その知識と経験を次の持ち主に引き継ぐという能力。

つまり、新しい覚醒者は先代の技量を継承するということだ。さらには次の覚醒者は何らかの不幸な経験をしたことで貪欲に力を求める傾向があるため、受け継がれた知識と技量は代を重ねるごとに上乗せされていく。

そうして遥か昔から蓄えられた経験は、今や覚醒した瞬間に持ち主を至高の剣士に変えるまでになっていた。

その代償が、魔剣による自我の侵略だ。

過去のすべての持ち主達の記憶と経験が、その〇・〇〇〇一％にも満たない僕の浅い人生を塗りつぶそうと押し寄せてくる。

それでも僕は、たった一つの想いだけはけっして手放さなかった。

――――エリーゼを愛してる。

失いかけて初めて気づいた。自分がどれだけエリーゼを好きだったのか。

けれどまだ手遅れじゃない。エリーゼはまだ生きている。今もこうして抱き留めているエリーゼから、確かに鼓動を感じる。それは強化されたステータスでなければ感じられないぐらい微かなものだったが、それでもそれは、僕に残された唯一の希望だった。

エリーゼへの愛だけを頼りに、記憶の奔流《ほんりゅう》を耐えきる。

「まさか、魔剣ソウルイーター!? クッ、なぜここに。なぜ俺ともあろうものが気付かなかった！……………いや、そんなことはどうでもいい。死ね、小僧！」

何が起こりつつあるのかを理解したのだろう。今までの余裕をかなぐり捨てて大剣を振り下ろしてくるオリオール。

しかしその一撃は虚しく空を切った。

「ぬッ！」

素早く後方を振り返るオリオール。その先に、エリーゼを抱き、二十メートルは離れた位置にいる僕を見つけ、驚愕に目を見開く。

そのあまりに遅い反応、遅い挙動を、僕は冷静に観察していた。

なるほど、オリオールの状態は確かに全盛期からほど遠いのだろう。身体能力的にはＬＶ10程度しかないに違いない。

それを高い技量で補い、最大限動きを効率化していたのだ。

だがこうして技量ですら上回った今、僕にとってオリオールはただの低レベルボスにすぎなかった。

「貴様、ソウルイーターの憑《ひょう》依《い》経験を継承したか……」

苦々し気にこちらを睨むオリオール。

「いい気になるなよ、小僧！　それもしょせんは自らの手で得た力ではない！　まがい物の力では本物の前には何の価値も」

「ない」

「こと」

「を？」

「どうだっていいんだ、そんなこと。エリーゼのために早く死ね」

僕は地面に転がるオリオールの首にそう言うと、魔人の胴体、その胸の玉をソウルイーターで貫いた。

この玉には魔人の魂が封じられている。これを破壊しない限り、時間はかかるがゆっくりと魔人は蘇生していく。つまり、これを壊さない限りエリーゼのソウルドレインは解除されない。

玉を破壊した瞬間、聞こえぬはずのオリオールの断末魔を聞いた……気がした。

「エリーゼ！」

僕はエリーゼに駆け寄る。

そして、気づいた。

無視する。

「エリーゼ！　もう大丈夫だ」

彼女を抱き起こす。

現実を理解する。

無視した。

「オリオールは倒したよ。あんなのたいした敵じゃなかったよ！」

優しく揺り起こす。

起きるわけがない。

起きないわけがない。

「一瞬だ！　一瞬で倒せたんだ！　アイツ、最後は間抜けな面で死んでいった！　見ててくれた⁉」

エリーゼは眠っている。

まるで。

死んだ。

ように。


「……」

エリーゼは死んでいた。

「…………………………………………………………………………………」

エリーゼは、死んでいた。

「…………………………………………………………………………………」

エリー、ゼは、死んで、いた。

――僕は間に合わなかった。

僕はようやく現実を理解した。

エリーゼはもう、目覚めない。目覚めないので、二度と僕に笑いかけてくれることも、話しかけてくれることもない。セックスもできなければ、キスもできない。デートも結婚もできないし、彼女との子供を抱き上げることもない。

もう、一緒にいられない。

世界中のどこを探しても、彼女はいない。

明日も、明後日《あさって》も、明々後日《しあさって》も、一年後だろうが百年後だろうが、彼女はいない。

そんな日々が、永遠に続く。

寒い。体がガタガタと震える。ギュッとエリーゼを抱きしめた。暖かい。つい、ほんのさっきまで生きていた、証。

ほんの少し前まで生きていたのに……。なのに、取り返しがつかない。

これが……死。

どうして……こんなことに。……どうして？　そんなのわかりきってる。

それは、オリオールが彼女を殺したからだ。そしてその原因は……僕が自分の力を過信したからだ。過信したから、エリーゼをここに連れてきてしまった。魔人戦には何の役にも立たない彼女を連れてきたのは、僕が魔人を格好良く倒すところを見てもらいたかったからだ。

好きな女の子の前で、格好いいところを見せたい。

ただそれだけの理由だった。オリオールを倒さないと世界が滅ぶだなんてこと、心の底ではどうでもよかった。

暴漢達に襲われるところを、ギリギリのギリギリで助けたのも、本当はそれが理由だった。

奴隷商から買った時も、シチュエーションを考えて、格好良く見えるようにやった。

エリーゼが好きだったから。初めて村から街に来た時、宿屋に誘ってくれたエリーゼに一目ぼれしたあの日から、僕はエリーゼを自分のものにしたくてたまらなかったのだ。


そしてこうしてすべてを失った。

なんて愚かな僕。

死ぬべきは僕だった。

「────────────────────そうだ」

その時、唐突に名案が浮かんだ。それは、延々と続く絶望の暗闇に射した、一筋の光明《こうみょう》だった。

僕は満面の笑みを浮かべた。

「僕も死ねばいいんだ！」

最高の名案だった。世界で一番愚かな僕から出てきたとは思えないほどの冴えた考え。

死ねばエリーゼに会える。

エリーゼがいないなら、こんな世界には何の意味もない。

「エリーゼもそう思うだろ？」

僕はそっとエリーゼに口づけをする。初めて味わうエリーゼの唇はとても柔らかく……しかし、絶望の味がした。

そして、僕はエリーゼのファイアワンドを拾い上げると、それとコメカミへと当て……。

「ファイアーボール」

自分の頭を吹き飛ばした。

エピローグ　エリーゼのために

目覚めるとそこは狭い部屋だった。

白い壁に、ピカピカのフローリング。壁際には漫画の詰まった本棚があり、木製の上質なデスクには、発光するパソコンが置いてある。

安藤礼《あんどうれい》の部屋だ。


――僕は、自分が最初の賭けに勝ったことを確信した。


あの時、僕が思いついたのは、自ら死ぬことによって再びこの部屋に戻り「セーブポイント」からやり直すことだった。

そもそも死ぬたびにこの部屋に戻ってこられるのか。ソウルイーターを覚醒させてしまった以上、死ねば魂は剣に吸収されてしまうのではないだろうか。

いろいろな問題があったが、エリーゼの死を〝なかったこと〟にできるという可能性に、僕はすべてを賭けたのだ。

そして最初の賭けは僕の勝ちだった。

しかし、一番重要なのはこの後だ。

僕はふらふらとした足取りでパソコンへと近づいていく。

そこに映っていたのは、倒れ伏すエリーゼと頭のない僕の姿。


『ゲームオーバー　コンティニューしますか？　Y／N』


これを押せば僕は元の世界に戻れるだろう。

だが、問題は〝どの時点に戻れるのか〟ということだった。

『迷宮のアルカディア』には、手動でセーブできる普通のセーブ&ロードと、ゲーム側が勝手にセーブしてくれるオートセーブの二つのセーブ機能が存在する。

後者は、プレイヤーがセーブを忘れてプレイしていた場合でも、直前の地点まではオートセーブで戻れるという親切機能だ。

――――だが、今はこのオートセーブ機能がどこまで働いているのかが、僕の中では恐怖となっていた。

通常のオートセーブは、宿屋に泊まるたびに勝手にセーブされる機能なのだが、『迷宮のアルカディア』では一章をクリアしても勝手にセーブしてしまう。

つまり、〝オリオールを倒した直後あたり〟だ。

そしてそれは、エリーゼが死んだ、あるいは致命傷を負って倒れているあたり、ということでもある。

僕には、二つのセーブポイントがある。

それは、安藤礼が手動でセーブした最初の日の朝のセーブポイント。そしてもう一つがこのオートセーブによるもの。

そのどちらが適用されるのかは、……不明だ。もしかしたら、どちらか選べるのかもしれないが……。

実際のプレイヤーならわかるのだろうが、僕は実際にはこのゲームをプレイしたことはない。ただ攻略サイトを見ただけなのだ。

ゆえに、これは第二の賭け。ここで負けたら、エリーゼは戻ってこない。

僕はしばし目を瞑り……。

祈るような気持ちで、Yをクリックした。


――――そして目覚めたのは、懐かしい宿屋の一室だった。


僕はゆっくりと部屋を見回して現実を理解すると、歓喜の声を上げた。

「うおおおおおおおおおおお!!」

このエリーゼの家の宿屋に戻ってきたということは、おそらく今日は竜の月の十三日――ゲームのシナリオ的に最初の日――なのだろう。

つまり、エリーゼは当然生きている。

――エリーゼに会いたい。


不意に湧いた衝動が僕を突き動かした。

ドアを開け放ち、階下へと駆け下りていく。

体が重い。称号ブーストのない素の体だからだろう。だが心は軽かった。

そして一気に一階まで駆け下りて、僕はエリーゼを素早く眼で探し――見つけた。

夜の酒場にも似た食堂を、ヒラリヒラリと舞いながら行き来する少女。

僕は衝動的に彼女に話しかけようとして……。

「……………ぁ」

なぜか、言葉が出なかった。

快活な笑みを浮かべて働く彼女は、とても健康的で、清らかな日常の象徴のように見えた。

僕はそれに強い衝撃を覚え、何も言葉を発することができなかったのだ。

食堂の入り口で呆然と立ちすくむ僕に、エリーゼが気付く。

「おはよーございます。朝食はいかがされますか？」

「あ………」

その態度、言葉で、僕は彼女が僕の愛したエリーゼと違うことを理解した。

そしてこれが、僕が恋したエリーゼという少女の、本来の姿なのだということも。

詰まる言葉を何とかひねり出す。

「朝食は、いらない、かな。今は、いいや」

「？　そうですか」

僕はふわふわと覚束《おぼつか》ない足取りで出口へと向かう。

そんな僕をエリーゼが呼び止めた。

「あの……」

「え？」

一瞬、胸に期待がよぎった。僕は即座に振り返る。

「あの、冒険者やるなら体には気を付けないとだめですよ。まずは食事からしっかりとらないと」

「……あ、うん。ありがとう。大丈夫、今日は迷宮には潜らないから」

「あ、そうなんですか。じゃあ大丈夫そうですね。お気をつけてー」

そう言って僕を見送る彼女に、僕は内心の想いを隠し、微笑んで踵《きびす》を返した。

宿を出るとき、チラリと彼女を見る。

そこにあったのは、親父さんと仲睦《むつ》まじそうに話すエリーゼの姿だった。


「ハッ、ハッ、ハッ」

僕は街中をがむしゃらに駆け抜けていた。

（これでいい……）

エリーゼが生きている。なら、それでいい。最高の結果だ。

（これでいい……）

たとえそれが僕の愛したエリーゼでなくとも、エリーゼは確かにこの世界に存在するのだから。

（これでいい……）

だからこれでいい。

（これでいい……！）

たとえ二度とエリーゼを抱きしめられなくても。


――僕はエリーゼと再びあの関係になることを諦めた。


エリーゼは僕と関わったことで変わってしまった。

様々な不幸の連鎖が彼女を襲い、家族の絆は崩壊し、僕と淫蕩《いんとう》な日々を送ることになり、あの快活な笑みは失われ、そして最後には薄暗い迷宮で儚《はかな》く命を落とすことになった。

エリーゼという人物自体が、そもそも悲劇的な人生を送る運命と言ってしまえばそうなのかもしれない。

だが、僕はそれを最高の結果に変えることができたはずだった。

攻略知識は、そこに記された人々に起きる不幸を、〝起きなかったことにできる〟救済の預言書でもあったのだから。

なのに、僕は自分の欲望を最優先にした結果、エリーゼの人生の結末を最悪なものにしてしまった。

――僕では、エリーゼを幸せにすることはできない。


それを痛感した。

仮に、今回の教訓を踏まえ、今度こそ上手くやったとしても、僕はきっといつかまたエリーゼを不幸にしてしまうだろう。

なぜなら、今回エリーゼにふりかかった不幸は、彼女の不運やオリオールの存在などではなく、僕の人間性にこそ起因しているのだから。

僕が僕である限り、何度時間を巻き戻しても、おそらく結末はそう変わりはしないだろう。

ゆえに、僕はエリーゼを諦める。

僕の手で幸せにすることを諦める。

けれど。

(君を不幸にさせないことぐらいは、許してくれるだろう?)


「なんか退屈だなぁ。おい、なんか面白い話はねぇのか」

スラムにある暴漢達のたまり場で、彼らのリーダーであるビリーはふいにそう言った。

「うーん、また女でも攫って楽しみますか？」

舎弟の一人がそう言う。暇を持て余したら適当に女を攫い、弄び、飽きたら殺すか売る。

彼らが日常的に繰り返している非情な行為だった。

「なんか候補はいんのか？」

ビリーの問いに別の舎弟が答える。

「へへ、それなんですがね、ビリーさん。実は俺の仕事仲間が泊まってる宿の娘がスゲェ上玉でして」

「へぇ、そりゃどんくらいだ？」

「そうですねぇ……」

舎弟が少し考え込み、言った。

「『世界一だよ、お前らにはもったいないだろ？』ってくらいですかね……え？」

唐突に会話に割り込んできた声に、舎弟が疑問の声をあげた瞬間、その首が音もなくズレて地面に転がった。

「は……？」

その場にいた全員が呆気に取られて硬直する中、ビリーの判断は早かった。

素早く武器を構え、誰何《すいか》の声を上げる。

「ナニモンだ、オラァ！　出てこい！」

ビリーの声に応え、暗闇から一人の男が溶け出すように現れた。

その男は全身を黒尽くめの衣装で覆い、顔にはファントムマスクをつけていた。

その気取った格好に、ビリーは歯が砕けんばかりに歯ぎしりする。

「嘗《な》めた格好しやがって、殺す前に聞いてやる。テメェ、どこのナニモンだ」

その問いに、男は軽く笑った。

「――――漆黒の闇」

それが……ビリーが人生の最後に聞いた言葉となった。


「ふぅ、これでひとまずは安心か」

ビリー一派を皆殺しにした僕は、彼らのたまり場を離れると変装を解いた。

「まさかまたこれを着ることになるとはね……」

僕は少し複雑な思いで漆黒の闇変身セットを見る。

嫌な思い出ばかりが詰まった漆黒の闇変身セットだが、これを身に着けた時の情報秘匿性は高い。

結局前の周では、僕が漆黒の闇だということはバレなかったのだから。

(まぁさすがにこれを着るのは今回が最後だけどね)

そう思いながら、僕は変身セットを鞄《かばん》にしまった。

そしてスラムを出て街へと歩きだす。

(これで、エリーゼを不幸に追いやりかねないイベントは一通り潰せたかな)

エリーゼの不幸フラグは、この暴行イベントと、あとは親父さんの借金。

暴行イベントはこれで潰せたし、借金のほうも事務所にもぐりこんで証文を燃やしてきた。

親父さんの証文だけを盗んできても疑われるだけなので、他の証文と一緒に全部燃やし、ついでに事務所ごと燃やしてやったので、今ごろ金貸しどもは大騒ぎしているだろう。

すでに酒場で金貸しの事務所が燃えて証文が全部灰になったらしいという噂を流したので、今後証文なしに返済を迫ろうにも証文を見せろとごねる奴が増えるだろう。

そうなれば金貸しは親父さんのような小口の債務者よりほかの大口の債務者から回収しようとするだろうから、親父さん達は見逃される可能性が高い。

これで借金のほうも一件落着。

エリーゼは今後も親父さんと宿屋を続けながら、いつかいい男を見つけて宿屋を継ぎ、幸せな家庭を築くのだろう。

その相手が、僕ではないのは、残念だが。


「…………」

僕はしばしあてもなく街中を歩いた。

「おっと」

「あ、すいません！」

ぼーっとしながら歩いていたからだろうか。人とぶつかってしまった。しかも若い女性だ。これはマズイ。

あわてて謝り、相手の顔を見て気づく。

「あ……レリアーナ」

「お？」

女性——レリアーナは僕の言葉にキョトンと首を傾げた。

ダブルミス。初対面の相手にしていい態度ではなかった。

しかしレリアーナは特に怒ってはいないようで、不思議そうに僕の顔を見ながら話しかけてきた。

「あっれー？　どっかで会ったことあったっけ？」

「あ、いえ、僕が一方的に知ってるだけというか……」

うわ、これもマズイ。まるでストーカーみたいなことを……。

しかしレリアーナはなぜかそれで納得したようだった。

「あ、そうかそうか！　なるほどそういうことかー！」

「へ？」

何がそういうことなんだろうか？

「お前、アタシのファンかぁ！　いやー、まいったな！　闘技場で戦いだしたばっかりなんだけど、もうファンがついちゃったかー！」

たはー！　と笑うレリアーナ。そこで僕はようやく、かつてレリアーナが闘技場に出ていたこと、そして彼女に賭けて一儲けしたことを思い出した。

「ああ、はい。そうなんです。はは、実際に話せて光栄です」

「いい、いい！　気にすんな！　これからもじゃんじゃん戦って勝つからさ、アタシに賭けてれば大儲けできるぜ！」

「ハハ」

「あ、そうだ。サインとかいるか？　今ならサービスで書いてやるよ！」

「え、いや、それは」

正直サインとかいらない。しかしこうもうれしそうにしているレリアーナにそれはなんとも言いづらかった。

「気にすんなって！」

そう言ってレリアーナはどこからともなくペンを取り出し、そこで僕の顔を見てピタリと動きを止めた。

そのままレリアーナは僕の顔を凝視する。

「あの？」

「お前さ、ここに来る前に何かあった？」

「え？」

「泣いただろ。よく見たら酷い眼をしてる」

「…………」

僕は思わず言葉に詰まった。

「良し！　サインはなしだ！」

レリアーナはそう言うと、ペンをしまった。

「行こう！」

そして突然僕の手を引いて走りだした。

「えっ？　あの！　どこへ!?」

レリアーナは顔だけで振り返り言った。その顔には満面の笑み。

「冒険だよ！　冒険！　落ち込んでる時には、胸躍る冒険が一番なんだ！」

「ぼ、冒険って……！」

「気にすんな！　サインの代わりさ！」

いや、そういうことじゃなくて、なんだ、この急展開！

「さぁ、冒険に出発だー！」

青空にレリアーナの明るい声が響き渡る。

僕はレリアーナに引っ張られるように走りながら、けれど確かに心が少し軽くなるのを感じるのだった。


明け方、ふいに目が覚めた。

「…………またこの夢か」

そう呟くと、エリーゼはベッドのわきに置いていた水差しに直接口をつけ、のどを潤した。

ここ数日、エリーゼは変わった夢を見続けていた。

それは自分の宿屋に泊まっている少年……ケインと自分が恋に落ちていく夢だった。

夢の中で、ケインにデートに誘われた自分は、買い出しのついでならばと了承する。

デート自体は成功に終わるが、その帰りエリーゼは暴漢達に襲われてしまう。

もはやこれまでかと思われた瞬間、ケインが絶妙なタイミングで助けに入ってくれ、自分は恋に落ちる――

なかなかロマンチックな夢だが、自分はこんな夢を見るほどケインという少年のことを知らない。

確かに顔だちなんかは整っていていいな、と思わないこともないが、冒険者はちょっと、という思いもある。

しかし、この夢は夢というにはリアルすぎ、まるで実際にあったことのようで……。正直、最近はケインを見るたびに少しドキドキするようになってしまった。

「…………今度、デートでもしてみようかな」

エリーゼはそう呟くと、再びベッドに潜り眠りについた。

《ケインくん…………》

眠りに落ちる前、そんな声を聴いた気がした。

迷宮のアルカディア

～この世界がゲームなら攻略情報で無双する！～

ノクスノベルス既刊シリーズ

信長の妹が俺の嫁 1～3

著：井の中の井守　イラスト：山田の性活が第一

大名“浅井長政”に転移した男子学生が、絶世の美女“市姫”とともにパラレルワールドな戦国時代を生き抜く歴史ファンタジー。

NPCと暮らそう！ 1～2

著：惰眠　イラスト：ぐすたふ

脱出不能ゲームに囚われたボッチ男のハジメ。だが気にせずチート（改造）ファイルを駆使し、NPCとのハーレムライフを目指す！

ダンジョンクリエイター

～異世界でニューゲーム～ 1

著：ヴィヴィ　イラスト：雛咲 葉

ダンジョン＆ハーレムをつくれ‼
現実での鬱憤を晴らす、やりたい放題の異世界リベンジファンタジー‼

クラス転移で俺だけハブられたので、
同級生ハーレム作ることにした 1

著：新双ロリス　イラスト：夏彦（株式会社ネクストン）

クラス転移にて女を奴隷化できる特殊スキルを持ってしまった主人公。追放された彼はそのスキルを使ってクラスを影から支配する。

ノクスノベルス

迷宮のアルカディア～この世界がゲームなら攻略情報で無双する！～ 1

2017年7月20日　第一版発行

【著者】
百均

【イラスト】
植田 亮

【発行者】
辻政英

【編集】
半澤三智丸／中村吉論

【装丁デザイン】
雷門風太 in 竹工房

【フォーマットデザイン】
ウエダデザイン室

【印刷所】
図書印刷株式会社

【発行所】
株式会社フロンティアワークス
〒170-0013 東京都豊島区東池袋3-22-17
東池袋セントラルプレイス5F
営業 TEL 03-5957-1030　FAX 03-5957-1533

ノクスノベルス公式サイト
http://nox-novels.jp/

※本作は、「ノクターンノベルズ」（http://noc.syosetu.com/）に掲載されていた作品を、大幅に加筆修正したものとなります。